Edition : BoD - Books on Demand, 12/14 rond-point des Champs Elysées
75008 Paris
Impression : BoD - Books on Demand GmbH, Norderstedt, Allemagne
ISBN : 9782322014101
Dépôt légal : Février 2015

Karine TELLIER

SENS UNIQUE

DU MEME AUTEUR

De l'art d'organiser le désordre

A tous ceux que j'aime.

Ils se reconnaîtront !

« L'absence n'est-elle pas, pour qui aime, la plus certaine, la plus efficace, la plus vivace, la plus indestructible, la plus fidèle des présences? »

Marcel Proust

BLANC

«Le blanc sonne comme un silence, un rien avant tout commencement»

Vassili Kandinsky

Juliette se leva de son bureau. Elle n'avait toujours pas reçu de réponse alors que son dernier mail était parti, il y a maintenant plus d'un quart d'heure. Elle avait l'habitude. C'était fréquent avec ces échanges internet. La discussion débutait, souvent péniblement avec des questions toutes faites et des réponses répétées. Et puis l'interlocuteur disparaissait et on ne s'en souciait même pas. C'était juste énervant.

Elle alla se préparer un café pour lui laisser encore un peu de temps. Elle le but lentement puis revint à son bureau pour éteindre l'ordinateur. Et comme c'était un jour de chance, ou au contraire un jour de malchance, la réponse était là. Un message court qui allait débuter un échange interminable.

❖

Lui

Pardonnez-moi, je suis allé me coucher sans vous souhaiter une bonne nuit. Je retiens que je vous dois un truc sur Malevitch. A bientôt.

Juliette

En effet, la fin de nos échanges de mails a failli être un peu cavalière. J'attends vos informations. Je ne me connecterai quasiment pas pendant une dizaine de jours. Au plaisir de vous lire.

Lui

Où en étions-nous ? Où vous ai-je laissé après cette première rencontre épistolaire ?

Ah oui, le carré blanc sur fond blanc. J'ai une petite heure avant de partir en week-end prolongé. C'est calme. Allons-y. Parler de Malevitch. Parler du carré blanc sur fond blanc de Malevitch. Il est au Moma, à New York, mais j'ai pourtant mis un temps fou à le trouver sur Google. Dingue ! C'est peut être un signe. J'ai fini quand même par tomber dessus. Je vous invite à aller le voir sur ce site. Si vous préférez la réalité à la virtualité (en matière de peinture, comme en matière de rencontre, toujours préférer la réalité), vous pouvez aussi aller à Beaubourg, il y aura alors un carré noir sur fond blanc.

Moins célèbre, mais tout aussi radical ! Il a fallu attendre la première moitié du vingtième siècle, presque la fin de l'histoire de l'art, pour que quelqu'un soit capable d'extraire ce carré blanc sur fond blanc. C'est bien long quand même cet accouchement. Il aura fallu que des générations de peintres apprennent dans la douleur à maîtriser la représentation des émotions, pli sur le front après éclat de l'œil, humidité des lèvres après courses de cheveux, comprennent la perspective et la vérité jusqu'au sommet, atteignent rigoureusement la perfection avec Raphaël, repartent sur les émotions et les traits épais, épars, remettent des couches de portraits, de nature mortes, de Vanités, de Venise et de clairs obscurs, triomphent avec la vérité encore, nous plantent des épées dans le cœur, exploitent de nouvelles couleurs, de nouvelles fumées, de nouvelles pulsions, des couteaux et des points, pour qu'un jour seulement, après tous ces conflits, tous ces accouchements, toutes ces saletés et cette souffrance, après toute cette pâte et cette huile répandues, la pureté s'exprime enfin dans un long déchirement. Le cristal jaillit de la silice, (avec un peu de plomb quand même) le carré blanc sur fond blanc apparaît. Blanc de plomb comme on dit. Enfin, après toute cette errance, on se retrouvait nu devant le sacre de l'art. Enfin, après ça, on pouvait mourir.

13

J'ai déjà vécu 38 ans, j'ai travaillé comme un passionné, rencontré des femmes formidables, généreuses, mythomanes, fragiles, agressives, chiantes, géniales. Il aura fallu que mes enfants se mettent à marcher, que j'écrive des poèmes perdus, que je pleure, que je grimpe, que je voyage sur tous les continents pour que je revienne finalement chez moi, à Paris, seul, et que je me pose la question : ai-je trouvé mon carré blanc, je veux dire, mon carré blanc sur fond blanc ?

Devrais-je me plonger dans les cascades quantiques, des cascades froides, dans lesquelles les électrons sont indiscernables, avec des traits mais jamais de lignes courbes, avec des ruptures acérées, des règles de sélection, des vibrations qui ne se propagent pas, et qui ne laissent aucune place au carré blanc sur fond blanc ?

Y a t il une chance que vous soyez celle qui accepterait de m'aider à trouver mon carré blanc sur fond blanc ?

Juliette

Merci pour cette découverte. Je ne veux pas visualiser cette œuvre. Je préfère la vivre d'après vous. Curieuse impression que d'imaginer un tableau sans le connaître, ni même l'avoir vu, de le ressentir sans l'avoir observé. J'ai immédiatement pénétré dans le blanc, imaginé sa transparence, fermé les yeux

14

face à son éclat et bien évidemment, aveuglée par sa luminosité, j'ai fini par heurter un geste pâteux. Puis, je me suis fondue dans sa fluidité, dans sa virginité, j'ai évité sa simplicité, couru après son innocence et recherché avec passion sa pureté. J'ai espéré en vain sa sérénité, respecté sa fidélité, pour finalement m'émouvoir de ses instants grisés. Sensation pure. Puis j'ai cherché le carré. J'ai eu du mal à le trouver. Forcément, j'espérais un carré sans ligne droite et sans angle. Avec des sentiments parallèles oui, mais sans côté. Juste des émotions qui se coupent en leur milieu. Je l'ai trouvé et je ne l'ai pas aimé. Il avait des frontières, un périmètre délimité, des angles qui n'étaient même pas graves, des bords, une fin. Et puis j'ai entraperçu les côtés du carré qui opposaient les blancs, les déchiraient. J'en suis certaine, les blancs voulaient se fondre l'un en l'autre, s'entremêler, fusionner en une création nouvelle, différente. Mais la ligne était là, droite, inflexible. Sentiment de révolte des blancs, sentiment entier et violent. Pourquoi un carré ?

Lui

Qu'avez-vous donc contre les carrés ? Pourquoi voulez-vous donc que les blancs se fondent, disparaissent l'un dans l'autre ? Ne sont-ils pas libres de rester eux-mêmes ? Pourquoi devenir autre que ce qu'ils ne sont déjà ? Savez-vous qu'en physique, la couleur est une sensation qui est construite à partir du spectre reçu ? La lumière se réfléchit sur la surface d'un objet, puis parvient jusqu'à notre œil pour que nous puissions voir. La couleur d'un objet est alors l'ensemble des rayonnements lumineux que cet objet n'a pas absorbé.

Il existe trois sortes de cônes qui absorbent préférentiellement la lumière rouge, verte ou bleue. Si on excite ces cônes tous en même temps avec une forte intensité, le cerveau voit alors du blanc. De la même façon, pour obtenir cette couleur, il est possible d'additionner des lumières de deux couleurs complémentaires comme le jaune et le bleu. Pardonnez mon côté professoral !

Juliette

Quelle belle sensation que le blanc !

En définitive, le blanc est un tout, la somme de tout. C'est l'addition des sensations qui imprègnent nos journées, des odeurs de voyages passés, des mots qui émeuvent, des couleurs des tableaux aimés, des frôlements qui troublent, des musiques qui transpercent, des larmes qui gênent, des tannins qui illuminent les papilles et des joies qui bouleversent. Une multiplicité qui fait un. Il est le tout et la complémentarité. Il est le bleu qui impose le jaune, le contenu qui épouse son contenant, la nécessité de l'un qui s'ajoute à l'autre. Pensez-vous qu'une personne solitaire, vivant sans son âme complémentaire soit vraiment elle-même ? Je ne le crois pas. Actuellement je suis une autre, pas tout à fait moi, sans doute pas aussi gaie et fantaisiste, pas aussi volontaire que je ne le suis. Vous me demandiez s'il y avait une chance pour que je sois celle qui accepte de vous aider à trouver votre carré blanc sur fond blanc ? J'essaierai. En contrepartie, pourriez-vous m'indiquer où se trouve cet être complémentaire qui vous permet de vous révéler, de vous dépasser par la confiance qu'il met en vous, de vous sentir femme, de puiser des forces dans son seul regard, de finir ce que vous êtes incapable d'achever seule, de vous accomplir ?

Lui

Je ne saurais vous répondre. Etes-vous certaine que cet être existe ? Vous avez encore une vision bien romantique d'une relation entre un homme et une femme. Sans doute n'avez-vous pas souffert autant que moi ? J'aimerais vous poser deux questions, une ouverte et une belle. Voudriez-vous me dire un lieu que vous aimez sur cette planète ? (oui, pour l'instant nous allons nous limiter à cette planète). Voulez-vous m'accompagner au Louvre en nocturne, Mercredi prochain ?

Que voulons-nous découvrir ensemble ? Les antiquités égyptiennes ? Delacroix ? Peut-être la peinture italienne. Il me semble que nous aimons tous deux l'Italie. Nous pourrions ensuite dîner au Marly, ou n'importe où dans le monde, si vous préférez. Dites-moi.

RENCONTRE

C'était il y a quatre ans. Elle avait immédiatement aimé leur rencontre. Juste un peu saisie par le pantalon à carreaux surréaliste qui était apparu sous la pyramide, au stand d'information. Il était un peu paumé dans ce grand hall, et en retard, évidemment. Il avait cherché, d'un regard indécis, la fille de la photo. Juliette avait sélectionné la meilleure image d'elle-même, à la fois fraîche et ténébreuse, souriante et mystérieuse. Mais ressemblait-elle vraiment à ce cliché ? Leurs regards s'étaient croisés et il l'avait reconnue malgré tout. Thomas pouvait accéder librement aux salles du musée. Elle l'avait suivi vers le secteur de la peinture italienne où ils s'étaient arrêtés devant un tableau de Fra Angelico, le couronnement de la Vierge. Il lui avait expliqué la perspective, la composition, l'harmonie des couleurs, la complémentarité des ors et des bleus du tableau. Puis, il l'avait conduit devant le tableau de la Joconde qu'il semblait apprécier tout particulièrement. De son côté, elle l'avait attiré vers la fresque de Botticelli «Vénus et les grâces» devant laquelle elle ne passait jamais sans s'arrêter. Ils l'avaient regardée sans un mot. Juliette était bien incapable de la commenter. Elle ne pouvait, comme lui, décrire ce tableau avec cette démarche scientifique qu'il appliquait à l'Art, mais elle savait apprécier la luminosité, la transparence, les couleurs, les contrastes et les émotions qui surgissaient de la fresque. Devant les muses, elle savourait ce silence partagé, empli par sa présence troublante.

Ils avaient parcouru quelques salles, s'arrêtant ça et là puis Juliette avait eu faim et il l'avait guidée vers le café Marly. Un jeune garçon les avait accompagnés vers une table en terrasse. Là, sous la chaude moiteur de cette soirée de mai et par la magie de cette complicité naissante, Juliette s'était laissé saisir par la beauté des lieux. Assise en face de Thomas, elle dominait la cour Napoléon. La lumière caressante illuminait les visages de Descartes et de Voltaire qui les observaient, bienveillants. Ils avaient commandé tous les deux des noisettes d'agneau rôties et un verre de Bordeaux et avaient commencé à évoquer leur vie, leur famille, leur carrière, leurs amis et leurs loisirs. Ils avaient immédiatement parlé comme des amis de longue date. Comme une évidence, ils se dévoilaient, simplement et librement et sans fausse pudeur. Lui parlait facilement de ce qu'il était. Il avait évoqué longuement sa famille puis sa carrière. Il était évident qu'il se perdait dans son travail. Mais il n'existait aucune forme de contrainte dans l'énergie déployée, tout simplement un choix. Il était professeur à l'Université des Beaux-arts et enseignait l'art de la fluidité, l'association des couleurs et leur rapport avec la physique, la classification des perspectives, la violence du clair-obscur et le trouble de l'impressionnisme. C'était un homme passionné et intelligent qui était toujours à la recherche de lieux nouveaux, d'expériences atypiques basées sur l'association ou l'interférence des sciences - artistique, optique, physique, archéologique, astronomique - pour susciter la curiosité de ses étudiants.

Juliette, elle, écrivait des dialogues pour des livres d'enfants. Elle utilisait des mots simples, directs, efficaces pour faire naître une odeur, une sensation, une émotion. Moins rationnelle que lui, elle était essentiellement sensible. Elle voulait transmettre aux enfants cette capacité de sentir, de reconnaître le plaisir, de savoir apprécier la joie, la fantaisie et les instants magiques mais aussi leur apprendre à appréhender la souffrance et les peurs sans les cacher et les étouffer derrière une intoxication de séries télévisées ou de jeux vidéos. Dans chacun de ses livres, les enfants pouvaient identifier, au travers des émotions heureuses ou tristes, des moments de vie vrais et intenses. Après leur carrière, ils avaient évoqué leurs envies, leur choix de vie, leurs échecs et leurs blessures secrètes. Et déjà, il lui avait parlé d'Elle.

Le bruit des tables voisines s'était dissipé. On avait absorbé les conversations, proscrit la musique d'ambiance et englouti le cliquetis des assiettes. Tous les deux avaient laissé s'installer le silence, naturellement, sans gêne, à force de regards. Ou peut-être avaient-ils simplement changé de langage ? Pour s'apprendre, pour se reconnaître, ils s'étaient rapprochés imperceptiblement. Les yeux de Thomas, posés sur le visage de Juliette leur réchauffaient le corps à tous les deux. D'un léger sourire qui le transperçait, elle l'encourageait à ce duel hypnotique. Instant de vie.

L'espace s'était figé, le temps s'était contracté jusqu'à atteindre un état de densité infinie pour former un Tout, sans durée, sans décor, sans contexte ni perspective. Comme un moment volé au déroulement ininterrompu de l'Univers, à l'enchaînement inéluctable et répétitif des séquences quotidiennes, au processus irrémédiable de la vie. Comme un point d'orgue qui suit une symphonie wagnérienne. Comme une pause qui s'étend infiniment, éternellement, sans plus aucune nécessité de son, avec la seule vibration du silence.

Puis il avait rompu leur immobilisme, en frôlant sa main. Qu'avait-il pu ressentir de ce frôlement ? Nul ne sait. Mais l'effleurement des doigts avait brûlé Juliette, l'avait électrisée, cette décharge lui faisant perdre conscience, un léger instant, de la nécessité de respirer. Une attaque de cœur.

Ils étaient sortis du café Marly.

HARMONIE

«Il existe des notes qui s'aiment et engendrent l'harmonie»

Christian Jacq

Thomas

J'aimerais vous découvrir par petites touches, à la manière d'un portrait chinois, vous connaître par l'intime, vous percevoir à travers ce que vous voudrez me transmettre de vous. Par quoi pourrions-nous commencer ? C'est difficile, je vous connais si peu. Je vous propose la musique. Dites-moi par exemple, quelle note seriez-vous ?

Juliette

Quelle belle idée de débuter par la musique ! Elle prend tant de place dans ma vie. Je me rappelle de toutes ces heures laborieuses passées devant un piano à tenter de déchiffrer des partitions, de les jouer sans trop les écorcher et d'essayer de vivre les émotions léguées par Bach, Chopin, Rachmaninov ou Fauré. Quelle note pourrais-je bien être ? Je crois que je serai double. Celle-ci et une autre tout à la fois. Comme ce do, petite note griffonnée toute seule sur une marge d'un cahier de solfège et qui par son inutilité attend d'être effacée. Mais aussi cet ut, à peine audible, qui trouble et qui envoûte. Cette note qui attaque après une longue respiration et se renouvelle au fil des mesures, tour à tour légère, soutenue, fébrile, piquante, énergique, inattendue et vibrante. Celle qui existe par les autres mais qui a sa place nécessaire, sa présence imposée et que l'on attend, que l'on espère si elle est jouée avec retenue, qui surprend lorsqu'elle s'affole ou rattrape le temps, cette note qui effleure, frôle, caresse, s'allège, s'enfle puis expire.

Fermez les yeux, laquelle entendez-vous ?

Thomas

Je suis à moi seul le public. Je l'attends déjà. Je l'espère inattendue. Je la souhaite courtisane pour qu'elle m'enlace, m'enflamme. Je la désire bouleversante, intrigante et fantaisiste. Je la veux geisha pour m'anéantir avec elle. Je la rêve émouvante, capable de m'engloutir, de me pénétrer, de me déposséder. Mais ce sera sans doute une note docile, un peu douloureuse peut-être, hésitante sans doute. Une de ces notes qui débute un monde de rêves, de mélancolie et d'émotions. La voilà, je l'entends. Douce et sensuelle, un peu perdue dans une composition dodécaphonique. Mais bien là. Présente. Sûre d'elle finalement. Pure et émouvante. Troublante. C'est cette note que j'entends.

A quoi croyez-vous qu'elle aspire ?

Juliette

Elle cherche cette harmonie qui permettra d'atteindre l'accord parfait. Certainement un accord mineur, envoûtant et nostalgique qui submerge, qui renverse. Un accord sans appogiature, sans frou-frou, un accord authentique plaqué comme une certitude. Comme l'évidence du lien indivisible entre deux notes qui les force à s'étreindre, comme leur nécessaire adhérence, comme le résultat d'une force qui est capable d'extraire l'unisson, de la superposition des sons.

Croyez-vous en cette force fusionnelle ?

Thomas

Ma raison ne croit qu'à ce qu'elle entend. Et l'accord n'est pas l'unisson. Les notes ont leur vie propre, simplement manipulées par les règles classiques de la composition. Deux notes peuvent être sans doute tierce, quinte, octave mais pas une. Je n'y crois donc pas ... mais je ressens cette force, par vous.

Juliette

L'unisson n'est pas un. C'est beaucoup mieux.

Ce sont des voix qui émettent librement le même son, simultanément comme une évidence, un impératif, par pure fraternité, par la simple volonté de l'union et de l'harmonie, par cette «unisson d'âmes qui s'aperçoit au premier instant»[1]

M'aiderez-vous à atteindre cette consonance ?

---

[1] Rousseau, Hél. I, 45

Thomas

Je ne sais pas.

Juliette

Et vous, quelle note êtes-vous ?

Thomas

Sûrement celle qui entonne l'hymne à la Liberté, celle qui délivre le chœur des esclaves. Une note de gospel qui libère le corps de la captivité, à l'instar de l'âme. Oui, je suis cette note. Celle qui fuit l'esclavage, la routine et les contraintes, l'appoggiature qui trouble le quotidien. Je suis celle qui esquive une portée trop contraignante, la note d'attaque de toutes les fugues, qui, vive et rapide, s'évade et se sauve jusqu'au point d'orgue final.

Juliette

Que fuit cette note ?

Thomas

Sûrement, une autre note. Vous vous souvenez, cet ut, à peine audible qui trouble et qui envoûte. Mais pas seulement. La note court aussi, non pour fuir mais pour rattraper le passé et cette fois, sans se dérober. Elle est alors rapide, endurante et tenace, à la recherche d'une pièce de jeunesse, d'un espoir d'harmonie retrouvée après le contretemps initial.

Juliette

C'est en quelque sorte une échappée dans le temps pour trouver une note qui, perdue en chemin, s'est transformée en silence, en manque.

Thomas

Oui, c'est cela. J'ai besoin de cette note pour ma composition.

Juliette

Je cherche la note en «lui» mineur.

Thomas

Je suis là. Et je vous fuis.

PROPOSITION

Juliette

Vous m'avez indiqué lors de notre dernière rencontre que vous aviez manqué d'attention envers la femme que vous aimiez. Avez-vous pris de bonnes résolutions pour l'avenir ? Et dites-moi, pourquoi avoir recours à internet alors que toutes les étudiantes sont amoureuses de leur professeur de faculté ?

Thomas

Je vais essayer de ne pas me défiler. C'est un peu exagéré de dire qu'elles sont toutes attirées par leur enseignant. Je reconnais là votre goût pour l'excès qui n'est pas pour me déplaire. Mais c'est vrai que s'il n'y en a pas quelques-unes qui sont amoureuses, à cet âge là, cela veut effectivement dire que le professeur est mauvais! Cependant, elles ont vingt ans et n'ont pas la même vision de la vie que moi. Je ne sais pas si vous avez l'occasion de discuter longuement avec des jeunes de cet âge ; c'est certes passionnant, mais pas au point de partager sa vie avec l'une d'entre elles. Enfin, avoir une relation avec une étudiante me semble incompatible avec les principes déontologiques du métier. Vous vouliez savoir aussi si j'ai pris de bonnes résolutions pour être plus attentif à celle qui pourrait entrer dans ma vie. Je crois que récemment, j'ai été amené à m'engager dans de nombreux projets. J'écris un livre sur l'Histoire de l'Art, j'organise de nombreuses expositions de peintures et un spectacle avec des étudiants de diverses spécialités (Histoire de l'Art, cinéma, physique, archéologie). Ce sont des responsabilités dont on ne se débarrasse pas d'un seul coup. Alors, est-ce que je serais plus attentif ? C'est trop facile de dire oui. Disons plutôt que j'aimerais bien rencontrer celle qui me séduira au point de me rendre plus attentif. C'est un peu circulaire comme argument. J'ai bien conscience de ne vous offrir qu'un début de réponse mais cette question ne rentre pas entièrement dans le cadre d'un dialogue électronique.

Thomas

Merci de votre appel. Je ne vous l'ai pas proposé hier soir mais j'aimerais vous revoir. Peut-être pourrions-nous nous retrouver au restaurant ou chez moi, si vous êtes une aventurière culinaire ?
Je vous laisse voir.

Juliette

Cette proposition est évidemment très tentante ; j'aime voyager au pays des saveurs. Que puis-je apporter ? Le soleil, l'harmonie, le dessert, la fantaisie, le champagne ?

Dites-moi.

Je vous laisse mon numéro de portable, si vous l'avez

supprimé : 06 12 13 06 12

Thomas

Pourquoi l'aurais-je supprimé ? Quel manque de confiance en

vous ! Il faut que je corrige cela. Non je n'ai pas supprimé

votre numéro de portable. Et je n'ai pas oublié votre visage

non plus, particulièrement vos lèvres.

C'était la quatrième fois que Juliette revoyait Thomas depuis leur première rencontre qui datait de six mois. Le manque de disponibilité de ce dernier donnait à chacun de leur rendez-vous le caractère d'un miracle. Les retrouvailles, espacées de plusieurs semaines, conservaient toute leur magie.

L'appartement de Thomas ressemblait à celui d'un étudiant. La seule table présente dans la pièce était formée d'une planche de contreplaqué posée sur des pieds de fortune où s'entassaient de nombreux livres et quelques souvenirs épars, ramenés de ses différents voyages : une statuette d'éléphant en bois de Thaïlande, un jeu traditionnel chinois, une boule de Canton et de l'encens japonais. Le reste du mobilier était spartiate et comprenait essentiellement un canapé démodé qui acceptait uniquement l'assise. S'en relever tenait de l'exploit. Un matelas posé sur le sol, une table de nuit et deux chaises constituaient l'aménagement de la chambre.

Thomas travaillait toujours en l'attendant. Dès qu'il ouvrait la porte, Juliette ressentait le trouble qui l'accompagnait à chaque fois qu'elle le retrouvait après ces interminables périodes. Elle redécouvrait le visage de l'homme qui obsédait ses pensées. Son apparition physique la laissait toujours surprise et troublée. Il était l'alliance de l'inconnu et de la certitude. Il y avait cette réserve qui démarrait toutes leurs rencontres. L'un en face de l'autre. Le silence. Le regard qui frôlait le visage de l'autre. Toujours le silence. Un sourire esquivé, vainqueur du temps infini entre chaque rencontre, le regard noyé dans l'âme complémentaire. Un instant intimidé. Regard d'étonnement de leur présence respective. Puis le rapprochement instinctif à la fois embarrassé et magnétique. Les mains s'observaient, s'achoppaient, les yeux frissonnaient, les oreilles se humaient, les nez se goutaient, les lèvres s'écoutaient et s'accueillaient. Et l'évidence de Vivre, non pas l'un de ces instants qui se reproduirait, mais l'Unique. Puis c'était la redécouverte, une réappropriation respective et éphémère de l'autre dans une interprétation impressionniste : Sensation de glissement vers l'ombre, conscience estompée, abandon sous le poids de l'autre, explosion de couleurs, teintes chaudes, perception fugitive de clair-obscur, fusion et superposition de sensations, corps mouvants, brouillard des sens, peaux fondues, anéantissement, brûlures de lumière, éblouissement de la rencontre, ébauche de bonheur, peinture de vie, essence éternelle.

Et le silence.

Et le temps. L'éternité… toujours trop courte.

Et le murmure : ton corps est un diamant sous sa roche.

Et puis à nouveau le silence.

Après quelques dizaines de minutes, le dialogue reprenait enfin, simple et fluide, empli de compréhension et d'écoute réciproque. Juliette se demandait souvent pourquoi l'échange avec Thomas était si facile. Elle avait bien conscience de ne pas avoir l'intelligence et la culture des personnes qu'il fréquentait quotidiennement. Mais elle savait, au fond d'elle-même, qu'il aimait discuter avec elle. De quoi parlaient-ils ? Ils commençaient par se raconter leur quotidien, ce qui, compte tenu de l'espacement de leurs rendez-vous, n'était jamais inutile. Thomas retraçait son travail, évoquait son engagement vis-à-vis de ses étudiants, dissertait sur les dernières idées qu'il défendait toujours sans arrogance et avec passion. Il la faisait rêver en retraçant ses voyages et ses découvertes picturales. De son côté, Juliette s'attardait moins sur le contenu de son travail qu'elle aimait pourtant. Elle préférait évoquer l'aspect relationnel de la vie qu'elle savait enrichir. Elle racontait ses rencontres, ses relations avec ses amies, ses enfants. Elle savait apprécier les autres et parler d'eux. Très rapidement, sa capacité d'écoute et sa sensibilité lui permettaient de déplacer leur dialogue vers l'intime. Elle voulait découvrir bien plus que ce que Thomas lui laissait entrevoir. Elle cherchait à déceler son essentiel. Bien sûr, elle savait qu'il se révélait par son travail. Mais ce n'était pas lui, pas complètement. Alors elle commençait par le questionner puis laissait libre cours au silence. Petit à petit Thomas, vaincu, finissait par se livrer et par parler.

Thomas

Si tu le veux bien, reprenons notre portrait chinois, c'est un merveilleux moyen de savoir qui tu es vraiment. Alors dis-moi quelle saveur serais-tu ?

Juliette

Je serais un vin. Lequel précisément, je ne saurais te répondre ! Je serais l'instant velouté d'une robe pourpre qui abreuve, le fruit qui enivre, la saveur capiteuse qui saoule ; ou peut-être l'arôme d'un vin plein et étoffé qui se donne à boire, d'un vin corsé qui s'offre généreusement au dévot de Bacchus ; ou encore tout à la fois le corps, la cuisse et la jambe qui glissent le long des parois du verre.

Et toi ?

Thomas

Je suis un vin boisé et charnu, identifiable par ma consistance et mon caractère, complexe et bien charpenté mais avec une faible capacité de garde. Je suis celui qui possède une vraie profondeur, délicat et puissant, robuste et souple, chargé d'arômes intenses. Mon attaque est franche et ma matière dense et robuste. La finale est longue sur des notes épicées.

Juliette

J'ai si soif. Je veux m'enivrer de toi.

Thomas

Non, c'est toi qui me désaltères. Je suis le cuitard bien évidemment attiré par les rondeurs et la souplesse de ta texture veloutée, par la brillance de ta robe. Un peu dépendant de cet arôme gouleyant, de ce bouquet, long en bouche qui descend brûlant dans la gorge. Mais je sais être aussi celui qui veille précautionneusement sur la bouteille fine et allongée, celle unique, qu'il faudra chambrer avant de déguster.

MARIE

La pluie battante recouvrait la ville bretonne, nettoyant les rues et balayant sur son passage feuilles et parapluies. La nuit semblait engloutir à la fois la ville et ses hommes, dissipant les maisons sous un rideau humide et transformant les rues en désert fluide. Une jupe légère et inondée suivait avec peine les longues jambes qui la soutenaient. Marie redescendait en courant la rue Jean Jaurès pour rejoindre le petit deux pièces qu'elle louait depuis six mois. Elle déboucha rue de la Déesse et s'arrêta sur le perron pour trouver la clé égarée dans son sac à main. Elle n'avait plus vraiment besoin de se presser puisque plus aucun centimètre carré de sa peau n'était sec. Son T-shirt adhérait à son corps. Elle sentait l'eau ruisseler de ses longs cheveux bruns et dévaler sa nuque pour aller se fondre dans la courbe de son dos. Enfin, la porte vaincue lui permit d'accéder à son antre chaleureux. Sans autre manière, elle laissa glisser sa jupe sur le chemin de la salle de bains. Elle prit une douche chaude, sécha son corps et ses cheveux et enfila, sur sa chemise de nuit en dentelles, un vieux pull usé que le temps avait rendu confortable. Une douce chaleur l'envahit. Cela faisait juste quelques mois qu'elle était arrivée en Bretagne et elle sentait qu'à ce stade de sa vie, elle avait tout à construire. Demain, c'était sa rentrée. Elle venait d'être recrutée comme conservatrice d'un petit musée qui exposait principalement des sculptures. Bien sûr, elle était déjà passée dans les quelques salles qui allaient vite devenir sa deuxième maison et avait entraperçu quelques superbes pièces. Mais il lui tardait d'avoir le temps de regarder chaque œuvre, de les appréhender et de les découvrir. Pour tromper sa légère anxiété, elle prit un livre et se laissa glisser dans le canapé en cuir blanc qu'elle venait d'acheter. La pièce était chaleureuse. Le rayonnement de la lampe posée sur la table basse caressait le bois blond du sol et déployait une nuance orangée sur son corps alangui. Un tableau aux couleurs chaudes, mélange de rouge carmin intense et de tâches ombragées brunes et mandarine avalait le regard. Il représentait des formes abstraites qui ouvraient l'imagination, laissant les uns apprécier l'impression de joie, de vie, d'amour qui émanait de la toile et les autres se complaire face à l'enfer, aux brûlures, à la déstructuration et à cette couleur rubis, damnée par la passion. Marie, à l'aube de sa vie, préférait y déceler la figuration de l'espérance. Le reste de l'appartement se composait d'une cuisine équipée ouverte sur le séjour, d'une petite salle de bain avec une magnifique douche à l'italienne et d'une chambre spacieuse et lumineuse qui donnait sur une arrière-cour. Un sentiment de fluidité émanait de cette pièce, simple et épurée. Les tissus donnaient de la légèreté à l'espace et créaient des reflets de lumière qui se déplaçaient comme une onde à la surface de la couette d'une blancheur immaculée qui recouvrait le lit. Un petit meuble sur lequel reposaient quelques livres faisait office de table de nuit. Marie ferma son roman et alla se glisser sous la couette neigeuse. Le ciel pleurait toujours, et ses gouttes en tombant égrenaient le temps. La toiture résonnait de ce chant.

Elle était arrivée tôt ce matin-là. Son prédécesseur l'avait accueillie dans la salle principale du musée et l'avait présentée à la petite équipe constituée d'un gardien et d'Anna qui était en charge de l'accueil des clients. Ils étaient tous allés boire un café pour faire connaissance. Puis l'ex-conservateur avait accompagné Marie dans les trois pièces qui composaient le musée. Il l'avait ensuite guidée dans son bureau pour lui rappeler ses missions, l'informer des exigences administratives et comptables et des engagements pris pour l'exposition temporaire qui devait se tenir le mois prochain. Enfin, il lui avait assuré que dans les premiers temps, il serait toujours là pour elle. Il était parti, la laissant seule dans son nouveau domaine, en promettant de revenir le lendemain.

Marie prit une chaise et s'assit au milieu de la salle principale. Le musée était essentiellement consacré à l'art sacré breton. On retrouvait les statues de Saint Roch, Sainte Barbe, Sainte Anne, Saint Guénolé et Saint Ronan éparpillées dans la pièce. Elle identifia quelques bas-reliefs en pierre représentant notamment Saint Jacques et Saint Jean. Puis elle balaya la pièce d'un regard circulaire. Celle-ci était encerclée de toutes sortes de gargouilles aux têtes invraisemblables, sorties de l'imaginaire de créateurs mystiques ou perturbés. Toutes étaient posées sur des cubes de béton. Les figures monstrueuses sculptées dans la pierre l'observaient de manière féroce. Ils s'agissaient essentiellement de créatures animales fantastiques mais on pouvait apercevoir quelques figures humaines qui n'en étaient pas moins terrifiantes.

Marie se rappela d'une légende bretonne mettant en scène une gargouille à l'esprit malveillant. Avec un peu de créativité et sans beaucoup de moyens, elle pourrait facilement donner à cette pièce une impression fantasmagorique, un peu effrayante. Il lui faudrait aussi mettre en place quelques animations pour les enfants afin que ce rendez-vous avec l'art breton puisse constituer une sortie familiale. Elle se souvint des ambiances de sorcières qu'elle appréciait tant lorsqu'elle était jeune. Elle devait arriver à recréer ce monde irréel, empreint d'inquiétude et de frayeur. Elle imaginait déjà le visiteur guidé sur un parcours sombre, animé par un simple jeu de lumières. Les gargouilles suspendues observeraient et épieraient les hommes, en maîtres des lieux. Ce serait en quelque sorte, un musée de l'humanité pour les gargouilles et les saints qui ne se souvenaient plus de leur nature originelle.

Marie poursuivait son examen. En dehors de cet ensemble qui était finalement extrêmement cohérent, il y avait trois ou quatre œuvres, très belles, qui semblaient tout à fait hétéroclites. Elle les détailla avec attention. Près de la fenêtre de gauche, se trouvaient, posés sur un piédestal orné de bas relief, deux chérubins sculptés dans le marbre. Ils ressemblaient à des frère et sœur. Tout respirait délicatesse et attention. La main du garçon, légèrement potelée comme peut l'être celle d'un jeune enfant, posée délicatement sur l'épaule de sa sœur, créait une attache éternelle, un lien de chair et de marbre entre les deux êtres. Le regard attentif et protecteur de l'aîné sur sa benjamine rendait cette sculpture touchante. Marie aima immédiatement cette fraternité pétrifiée. Il lui faudrait enlever le piédestal qui donnait à cette scène privée une solennité indécente.

Son regard s'arrêta sur la statue suivante qui représentait un corps de femme offert dans sa totale nudité. Ses yeux glissèrent sur le sol qui laissait apparaître l'ombre de la sculpture. Marie fut frappée par sa sensualité : posture lascive qui exprimait l'attente, chevelure indomptée, rondeurs attirantes, mains tendues pour agripper et retenir le visiteur imprudent. Puis, le regard glissa de l'ombre au marbre, comme s'il cheminait de l'intime au réel. L'impression était tout autre. Il émanait de ce corps sensuel, exhibé au vu de tous, une impression de pureté presque sacrée. Cette nudité n'était plus un corps en attente du désir universel mais plutôt un don intime, entier et sans retenue. Entre l'ombre et le marbre, où était la vérité de cette femme énigmatique ?

Enfin, Marie aperçut la dernière œuvre de son nouveau domaine. Il y avait en face de l'entrée principale, une sculpture en pierre qui représentait un buste d'homme tenant contre son torse sa fille, encore nourrisson. Elle détourna brusquement les yeux. Il lui faudrait déplacer cette statue dans la pièce annexe, elle n'avait rien à faire là.

SENTIMENTS

"J'aurai préféré être une inconsolable. Je me fie aux inconsolables. Eux seuls me rassurent sur l'éternité"

Yasmina Reza

Juliette

Message adressé au vent. Ma pensée s'est enfuie vers toi. Je n'ai pu la retenir, ni la rattraper. Une petite pensée perdue et inutile d'une insignifiante petite bourgeoise amourachée qui ne méritera même pas de réponse.

Thomas

C'est fou ce que tu as le chic pour te dévaloriser parfois. A moins que ce ne soit que de la provocation. Tu sais bien que tu n'es pas une petite "bourgeoise amourachée". Ce n'est pas du tout cela l'histoire, et tu le sais très bien. Maintenant, c'est vrai qu'il est hallucinant de constater que je suis incapable, depuis plusieurs mois, de dégager une soirée. Je me noie (volontairement?) dans le travail, dans les emails et le reste, si bien que je n'ai jamais une seconde pour souffler. Et ce n'est pas qu'avec toi. J'ai beaucoup d'amis que je vois peut être une fois par an (ou plus du tout) parce que je suis toujours en train de courir après une "ombre qui passe" comme disait Baudelaire. Je plaide coupable mais je suis quand même là, sur mon ordinateur, et je te réponds.

Juliette

A partir de treize mois, on fait partie des amis disparus! J'ai toutes mes chances.

Thomas

Aucune chance, malheureusement...

Juliette

Malheureusement pour qui ? Pour toi, pour moi ou pour nous?

Thomas

Malheureusement pour les trois peut être...

Juliette

Veux-tu que je disparaisse ?

Thomas

Cela va te paraître idiot, sans fondement, incompréhensible, mais en fait non. Je ne souhaite pas que tu disparaisses. Pourquoi, alors que je ne suis même pas capable de te donner quoi que ce soit ? Parce que je ne me résous pas à perdre ce que je sais être une source intense de bonheur. Si je ne te vois pas c'est parce que ma vie est infernale. Mais je sais qu'à coup sûr, un de ces quatre j'arriverai à dégager une soirée. J'y pense souvent. Je ne crois pas que je me mente à moi-même.

PS : Je ne pense pas être celui qui n'écrira plus le prochain email.

Juliette

Combien de fois ai-je décidé de ne plus t'écrire ? Je ne m'en souviens même plus. Manque de volonté évidente. Parce que moi non plus je ne me résous pas à te perdre définitivement. Mes mails sont là, sans fondement, sans attente véritable, irrésistibles. Peut-être le sentiment d'une compréhension intime au-delà de toute présence.

PS : Je ne crois pas que je serai celle qui n'écrira pas le prochain mail.

Thomas

Après tout, ces échanges ne sont-ils pas suffisants ? Le contact physique est-il vraiment nécessaire ? Tu dois être sans aucun doute la personne à qui j'envoie le plus de mails. Pas si mal, non ?

Thomas

Est-ce que par hasard tu serais libre le 19 février au soir ? Je pourrai sans doute me libérer pour la soirée. Ce serait (enfin !) l'occasion de se voir. Dis-moi.

Juliette

Evidemment, je serai libre pour toi. Peut-être ai-je encore des choses à te dire ou à entendre? Et toi, qu'as-tu à me dire?

Thomas

On improvisera, non ? En tout cas, tu ne me croiras peut-être pas, mais je suis très content de te voir, tout simplement.

Thomas

Je viens d'aller chez le médecin. C'est la grippe, la bonne, la vraie! Il m'a demandé de rester au lit jusqu'à mercredi soir. Cette nuit, j'ai eu beaucoup de fièvre. Je suis obligé d'annuler pour demain soir. J'ai du mal à le croire quand même. Cela prête presque à sourire. Pour une fois que j'avais dégagé un créneau ! J'espère que tu ne vas pas trop m'en vouloir. Je te promets d'en trouver un autre très vite.

Juliette

Manque infini, absence éternellement présente, temps inutile.
Je t'en veux, de tout ce que tu ne me fais pas vivre. Pour te faire pardonner, réponds-moi. Aurais-tu cette folie d'avoir un sentiment pour moi ? Thomas, est-ce que tu m'aimes?

Thomas

Si je n'avais aucun sentiment pour toi, est ce que je soutiendrais cette conversation ? Le mot aimer est, de toute façon, tellement large que cela n'est pas très précis de répondre "oui". C'est tellement compliqué. Je ne comprends pas pourquoi tu poses une question comme cela qui me parait complètement décalée. Je ne sais pas.

Juliette

Comment se contenter d'une telle réponse. Il faut que je t'oublie. J'ai le sentiment intime de ne rien représenter pour toi. Suis-je simplement une femme avec laquelle tu passes des moments sympas ?

Thomas

Non, ce n'est pas seulement des moments sympas, mais des moments de vie. Il n'y en a pas tant que cela, des moments où l'on sent la beauté de la vie, où il y a quelque chose de magique qui se passe. Je ne vois pas pourquoi tu veux m'oublier. Il faut d'abord tenir à la vie, et aller chercher, dans cette vie, les moments de pure beauté, les moments d'existence. Il ne s'agit pas de rechercher l'intensité à tout prix, il s'agit d'être ouvert à quelque chose d'indescriptible, d'émouvant, qui peut sans doute arriver de temps en temps devant une peinture, une musique, ou avec une personne aimée. Des moments rares où la vie se dévoile un peu.

Juliette

J'aimerais que tu me montres la beauté de la vie là où je ne sais pas la voir. Tu me conseillerais tes lectures et je m'approprierais tes envies et tes passions. Tu m'apprendrais à glisser sur la vie simplement et avec sagesse et je te guiderais pas à pas vers l'intensité et l'infini. Tu me démontrerais rationnellement que les sentiments sont un concept abstrait et pourtant je te révélerais au fil de la vie, l'existence d'un amour respectueux, incommensurable, plus fort que le temps. Oui vraiment plus fort que le temps.

Thomas

Un jour, je te le promets, nous nous reverrons. J'essaie de trouver une nouvelle date rapidement.

Juliette

Je n'en suis malheureusement pas certaine. Je te connais trop. Et cependant, tu restes toujours en moi depuis ces moments envolés que tu veux trop rares et qui restent magiques et improbables. Ma vie est emplie de ta présence, malgré ton absence.

❖

Marie dévala les escaliers quatre à quatre pour aller chercher son courrier et dévaliser la boulangerie. Elle remonta les cinq étages beaucoup plus lentement, ce qui lui laissa le temps de penser qu'elle devrait délaisser parfois les Beaux-arts, pour découvrir les bienfaits de la course à pied ou de manière générale du sport. Arrivée sur le palier, elle considéra que c'était une formidable activité à prévoir pour sa retraite. Pour l'heure, elle s'attabla ironiquement devant un copieux petit déjeuner en pensant à l'une de ses amies qui confrontée à une rupture de stock du livre « je mange donc je maigris » avait demandé à la caissière de lui donner un Mars.

Elle ouvrit sa messagerie. Ce geste n'était jamais anodin chez elle, contrairement à la plupart des internautes. Elle ne pouvait s'empêcher d'espérer qu'un de ces messages serait porteur de changements. Mais la plupart du temps, les annonces publicitaires inondaient sa boite mail. Seule la présence de rares invitations à des vernissages sauvait l'ordinateur de son courroux et finalement de la benne. La page d'accueil s'afficha et Marie saisit son adresse email et son mot de passe. Elle commença par supprimer les messages provenant des enseignes commerciales auxquelles elle avait eu la faiblesse de communiquer son adresse email, ce qui s'apparentait à une opération de nettoyage de sa messagerie. Puis elle ouvrit le message restant qui provenait d'une adresse inconnue et lut :

Manque infini,

Absence éternellement présente,

Temps inutile.

Marie, stupéfaite par ce mail improbable, reçut pourtant ce message comme un bouquet de mots, comme une brassée de sentiments dans laquelle se trouvaient mêlées délicatesse, attachement et mystère. Ces quelques mots se déposèrent en elle, doucement. Ils avaient tout à la fois la fragilité et le charme d'une rose ancienne, l'intensité aromatique du lys et la persistance du lierre. Marie se laissa troubler quelques instants par la fragrance des sensations générées par le mail de celui qui savait si bien déclarer sa flamme. Il n'y avait pas de signature et l'adresse ne lui donnait aucune indication. Il lui fallait donc découvrir seule ce mystérieux prétendant ou attendre que ce dernier accepte de se dévoiler. Sa rêverie fut interrompue par un coup de sonnette strident. Elle ouvrit la porte et laissa entrer une tempête amicale : Clémentine !

- Eh ! tu n'aurais pas oublié par hasard que nous avions rendez-vous. Cela fait vingt minutes que je t'attends devant le musée. Offre-moi un café ou je t'achève, je suis morte de froid !

Marie jeta un œil sur sa montre et se pinça les lèvres en guise d'excuse.

- Un brunch chez moi, à la place de l'exposition, ça te va ?
- J'ai peur d'être moins séduite par le cadre mais si la nourriture est bonne, je me ferai une raison.

Marie sourit et sortit de la pièce pour préparer deux cafés. Sur un plateau, elle déposa des croissants, des tartines, de la confiture, du jus d'orange, de fines tranches de saumon fumé et du jambon d'Aoste. Depuis la cuisine, elle entendait son amie arpenter la pièce en essayant de tempérer son caractère impétueux.

- Je voulais la voir, moi, cette exposition ! Si tu n'étais pas motivée, fallait me le dire, j'aurais trouvé quelqu'un d'autre pour m'accompagner
- Mais non ! j'ai simplement oublié
- Ah c'est pire, tu m'oublies ! Tu parles d'une bonne copine. Et en plus, il faisait froid. J'espère pour toi que je ne serai pas malade.

- Mais non, tu sais bien que tu es une fille résistante. De toutes les façons, tu es systématiquement déçue après les expositions.
- Pas celle-ci, je suis certaine que je l'aurai aimée. T'imagine une rétrospective sur Malevitch ! En Bretagne !
- Je ne connais pas bien ce peintre
- Et bien justement, tu as failli le découvrir. Tu sais, c'est celui qui a peint le fameux carré blanc sur fond blanc.
- Dulux Valentine sait le faire aussi. Regarde j'ai repeint ma porte en blanc sur fond blanc. Pas mal ?
- Tu n'y connais rien !
- Est-ce qu'il sait faire les tableaux taupe sur fond taupe et bleu sur fond bleu ? J'hésite entre ces deux couleurs pour ma salle de bains.
- Ignare ! tu ne t'intéresses qu'à la sculpture. Il doit bien y avoir le carré rouge sur fond blanc.
- Bon, ok, ok, c'est promis, la semaine prochaine, on ira voir l'ancêtre de Ripolin.

De la cuisine, Marie l'entendait continuer à marmonner. Puis il y eut un instant de silence. Juste un instant.

- Eh, dis-moi, cachotière, tu as un amoureux transi et tu ne m'en as même pas parlé !

Clémentine était penchée sur l'ordinateur qui était resté allumé. Elle lisait de manière désinvolte la messagerie de Marie.

- Ne te gêne surtout pas !

- Non, tu vois, c'est ce que je fais. On est des copines ou pas ? Mais quand même, tu pourrais me parler de tes rencontres !

- Te dire quoi ? J'ai reçu un mail non signé, que veux- tu que je t'en dise ?

- Ne me fais pas croire que tu ne sais pas qui c'est !

- Je n'en ai aucune idée.

- Je suis certaine que c'est Olivier, lança Clémentine

- Ah oui, j'imagine déjà sa déclaration : Ce soir, je t'invite à dîner, alors mets une belle robe et réponds oui à toutes mes questions !

- Tu as sans doute raison. Alors, tes nouveaux collègues ?

- L'ex-conservateur à la retraite, sûrement pas !

- Un voisin ?

- Je n'en connais aucun.

- Alors c'est un satyre qui t'observe de chez lui avec un télescope en se cachant derrière un rideau.
- Ou plus simplement, il s'agit peut-être d'une erreur ou d'une blague !
- As-tu au moins regardé l'adresse de l'expéditeur ?

Les deux femmes se penchèrent à nouveau sur l'ordinateur et se regardèrent d'un air perplexe : брижан отац@yahoo.com.

- Tu n'es pas aidée, poursuivit Clémentine.
- Quoiqu'il en soit, je suis super jalouse. J'aurai adoré recevoir ce mail !

LIBERTE

«La vraie liberté, je crois l'avoir toujours su, ne réside que dans la dépendance consentie à ce qui intérieurement nous émeut»

Denis Grozsdanovitch

Thomas attendait dans la salle d'attente. Cela faisait plusieurs années qu'il voyait régulièrement Bertrand, son psychiatre. Dès leur première rencontre, les deux hommes s'étaient appréciés. Il y avait eu une sorte d'amitié innée entre eux deux, basée sur une complicité et une admiration mutuelles. Pour respecter le code déontologique et ne pas mélanger amitié et travail, Bertrand avait bien essayé d'adresser Thomas à un collègue. Mais le refus avait été catégorique. Thomas déboulait toujours entre deux rendez-vous, en ami, et finissait par s'assoir sur le divan, en client. La porte s'ouvrit et une personne hésitante et mal à l'aise sortit de la pièce.

- A la semaine prochaine, Madame Feuillade
- Oui, Docteur. Merci, Docteur
- Entre, je vais la raccompagner.

Thomas pénétra dans le cabinet en terrain conquis, jeta sa veste sur la chaise et s'allongea sur le divan. Un sentiment de bien-être l'envahit. Il aimait cette pause qui l'extirpait de ses charges quotidiennes. Bertrand étant revenu dans son bureau, Thomas commença à parler.

- J'ai un problème avec les femmes.

- Mais, je sais ! Cela fait quatre ans que tu viens me parler une fois par semaine des difficultés que tu as avec ta mère, ta fille et la gent féminine en général

- Les lamentations, c'est bien ton fonds de commerce ? Je ne vois pas pourquoi tu ne voudrais pas entendre les miennes !

- Parce que nous sommes amis maintenant et parce que nous avons fait le tour de la question, me semble-t-il !

- J'ai rencontré une femme. Elle s'appelle Juliette.

- Ne la vois plus. Tu sais bien que tu fuis les femmes. Tu m'éviteras des consultations lassantes et répétitives et tu économiseras le montant de mes honoraires.

- Je l'ai rencontré il y a dix-huit mois. Par internet.

- Dix huit mois et tu ne m'en as jamais parlé. Cela fait une demi-décennie que tu m'assommes avec les récriminations incessantes de ta mère parce que tu ne lui donnes jamais signe de vie et tes remords vis-à-vis de ta fille et tu ne me racontes même pas les moments croustillants de ta vie !

- Je ne sais plus pourquoi je l'ai contactée parmi tant d'autres. Hasard ? Destin ? Ah ! Je crois me souvenir. Elle habitait dans une ville baignée par le fauvisme. C'est pour cela qu'elle est rentrée dans ma vie. Un mail, puis un autre mail, et après une absence, je lui ai proposé de nous rencontrer au Louvre. Lieu magique, Lieu de couleurs. Elle a accepté. Le jour venu, nous avons pénétré dans la salle de la peinture italienne et nous nous sommes arrêtés devant une peinture de Fra Angelico. Puis elle m'a suivi jusqu'au tableau de la Joconde. Nous étions presque seuls dans la salle, sans les Japonais qui étaient déjà repartis dîner dans un restaurant de la rue Mouffetard. J'aime ce tableau, la lumière qui définit les volumes, le mariage du portrait et du paysage, les contours estompés du visage dissous dans l'ombre, la subtilité de l'expression du modèle. Je crois qu'elle ne l'appréciait pas autant que moi. Elle n'a pas vu la femme sans apparat qui bouleverse par ce qu'elle dégage, cette femme qui sait regarder en vous, qui transperce vos sentiments intimes et vos rêves profonds, qui sourit de ce que vous êtes et qui fait transparaître ses sentiments intérieurs pour vous. Ce soir-là, j'étais troublé par Mona Lisa, par Juliette, par Mona Lisa avec Juliette. Puis, nous avons été au Café Marly pour évoquer nos vies, nos familles, nos séparations. Une synthèse de l'existence en quelques phrases. C'est terrifiant de voir à quel point notre vie peut se résumer en quelques évènements. Nous avons donc commencé par les faits : parcours, métier, adresse, conjoint disparu, enfants. Puis, nous avons fini par délaisser les faits pour évoquer nos joies, nos blessures et nos espérances. Et je lui ai parlé de ma fille.

- Déjà ! A elle, aussi ! Et sans lui payer d'honoraires !

- Contrairement à toi, c'est une femme désintéressée et qui sait écouter. Je crois qu'elle a été touchée, je ne sais pas pourquoi.

- Je commence à croire qu'elle est admirable. Elle a dû être conquise. Tu invites une femme et, au lieu de la séduire, tu lui assènes un de tes cours de peinture, tu lui imposes la vision de la Joconde qui, à titre personnel me coupe l'appétit, et face à sa bonne volonté évidente puisqu'elle a accepté de dîner avec toi, tu l'achèves avec tes psychoses. Dis-moi, elle doit être vraiment moche ?

- Mais non.

- Si elle a résisté à cette approche, prends soin d'elle.
- Je ne l'ai pas vu depuis plus de six mois
- Ah, je m'en doutais, c'était trop beau. Toi aussi, tu en avais marre de me parler de ta mère et de ta fille, alors tu vas chercher dans tes souvenirs pour nous faire perdre notre temps à tous les deux. Ecoute, soyons efficace. Puisque je ne fuis pas les femmes, donne-moi son numéro de téléphone.
- Non, ce n'est pas fini. Je ne veux pas qu'elle disparaisse de ma vie. Elle m'écrit et je lui réponds.
- Une relation épistolaire en quelque sorte. Un remake de la correspondance de Sand et Musset ?
- Oui, c'est ça !
- Ne préfères-tu pas la voir ?
- Je me rends compte que je ne suis jamais capable de libérer un créneau pour elle et ce n'est pourtant pas l'envie qui m'en manque. Mais tu sais bien que je ne veux pas d'une relation qui petit à petit va m'étouffer. Je ne veux pas d'un attachement qui va me créer des contraintes toujours et encore. Et puis j'ai toujours cette espèce de réaction épidermique dès que je fais quelque chose pour une femme parce que je me sens obligé. Toujours cette

foutue liberté. Tu te rends compte, elle voulait me voir tous les quinze jours.

- D'habitude, je serai horrifié, mais cela me semble une périodicité très raisonnable. Ma femme m'impose de rentrer tous les soirs !

- C'est cela que je ne veux pas. Troquer ma liberté pour une femme. Je vivrai cela comme une agression insupportable.

- Ne t'es-tu jamais dit que tu devrais, si tu tiens à elle, avoir envie de la voir sans qu'elle ne te le demande ? Demander un rendez-vous tous les quinze jours, quelle audace ! Peut-être est-elle arrivée à cette extrémité pour voir si elle avait de l'importance pour toi ? J'imagine qu'elle a eu la réponse !

- Je lui ai dit que cela ne me convenait pas du tout, qu'avec un engagement pareil, je me sentirais complètement prisonnier de devoirs que je n'assume pas du tout. C'est tellement compliqué pour moi de donner un rendez-vous, qu'en donner un tous les quinze jours me paraît au-dessus de mes forces. Je n'arrive même pas à en donner deux de suite, ce qui ne permet même pas de définir une période. J'ai poursuivi, en lui disant que je ne voulais pas structurer mon temps pour elle, que je ne me sentais plus capable de rajouter des contraintes dans ma vie et qu'exiger un rendez-vous tous les quinze jours ressemblait pour moi à une déclaration de guerre, que je me sentais presqu'en danger et qu'il ne me restait pas trop de liberté pour jeter le reliquat dans un engagement comme celui là.

- Ah oui, quand même ! Cela s'appelle un râteau, une débâcle, un carnage, un four, un 'bache', un naufrage, une veste, un flop, un vent. Je ne crois pas en avoir vécu d'aussi beau. Elle doit avoir des séquelles. Si elle souffre de traumatismes grâce à toi, donne-lui mon adresse, je lui ferai un prix.

- Mais non, je lui avais dit dès le début que je tenais à ma liberté.

- T'a-t-elle remercié de l'avoir prévenue ? Même pas j'imagine ! Quelle ingrate ! Dis-moi. Il y a quelque chose que j'ai du mal à comprendre. Pourquoi me parles-tu de cette femme, si peu reconnaissante, que tu ne vois plus depuis six mois parce que tu n'as pas envie de lui fixer un rendez-vous et dont on peut conclure raisonnablement qu'elle ne t'intéresse pas du tout ?

- Sans doute. Et pourtant, j'ai un plaisir intense à la voir et à la fréquenter. Je ne tiens pas à ce qu'elle disparaisse totalement de ma vie, je trouverais cela idiot. Il y a sans doute une contradiction, mais c'est comme ça...

- Je résume, tu aimes être avec elle mais tu n'as pas envie de la voir. Tu as raison, cette fois-ci, cela relève de la psychiatrie. Reste allongé ! Que cherches-tu, en me racontant cette histoire ?

- Je ne sais pas. Elle attend quelque chose de moi et je ne veux rien lui apporter. Je ne veux pas prendre le temps de la voir et pourtant je n'aimerai pas qu'elle disparaisse de ma vie.

- Est-ce que tu la fuis ?

- Sans doute un peu. Il y a quelque chose de magnétique dans nos rencontres, comme une force qui nous fait nous rapprocher irrémédiablement. Elle capte mon regard, l'envoûte jusqu'à ce que je la frôle et que je l'effleure. Elle exerce une force qui m'attire et j'ai l'impression de posséder pour elle une énergie mystérieuse et aimantée qui l'appelle à moi, qui l'attache.

- Je constate que tu lui résistes très bien puisque tu ne la revois plus.

- C'est vrai. Elle est loin de moi et je laisse son visage s'estomper, son souvenir se voiler. Mais lorsqu'elle est là, je sais que ma résistance s'effondre. Il y a un lien qui subsiste malgré le temps. Il est là, impalpable mais tellement réel, assez solide pour supporter l'absence, indifférent aux messages d'adieu qu'elle peut m'envoyer et à ses mails sans réponse de ma part. Un lien indéfini empêchant l'oubli.

- Une vraie calamité cette fille, un vrai risque pour l'Homme ! Je suis d'accord avec toi, il faut fuir ce danger. T'es-tu parfois demandé ce que tu perdais, en l'évitant ?

- Non, je ne préfère pas réfléchir à cette question. Je sais que j'y gagne ma liberté, cela me suffit.

Thomas regarda sa montre et se leva d'un bond.

- Faut que je file, j'ai une réunion. Tu viens manger samedi soir ?

Sans attendre la réponse, Thomas s'échappa du bureau.

❖

Thomas

Ta petite carte postale était encore merveilleuse...

Un timbre et cette absence de mots qui dit tout. Magique.

Merci beaucoup. J'ai eu envie de t'en envoyer une pareille,

mais comme d'habitude, je n'ai rien fait. Normal. Etre ou ne

pas être. Il faudra que je te parle un jour de la discussion que

j'ai eue avec mon psy sur toi, de ma difficulté à rendre une

femme heureuse, et de la justification de ton attachement.

Il   y   est   pas   mal   question   de   liberté.

Juliette

Tu as bien évidemment attisé ma curiosité.

Dis-moi.

Thomas

Oui, mais c'est assez long. C'est intéressant mais je me vois

mal te parler de cela par email, sans écrire un roman. Il

faudrait que l'on se voit un de ces quatre. Je vais essayer de

trouver une date mais en ce moment j'ai du mal à respirer. Je

te rappellerai.

Juliette

Toujours pas de nouvelles de toi. M'as-tu enterrée avec ta

messagerie? M'as-tu sacrifiée sur l'autel de la Liberté ?

Thomas

Je suis là. Mais c'est vrai que j'aspire à la Liberté. Tous mes actes tendent à la conquérir pour la retenir. C'est elle que je veux, par-dessus tout. Plus qu'une femme ! Et pourtant je me demande souvent s'il est possible qu'un acte soit véritablement libre. Il ne s'agit pas là pour moi d'une vague interrogation mais d'un questionnement permanent. La liberté m'obsède, me dévore, détruit tout sur son passage. Et pourtant, je ne suis pas certain d'être libre. La vie dans son ensemble n'est-elle qu'un enchaînement d'actions complexes et logiques ou laisse-t-elle place à la libre construction de son destin ? Je ne sais. Mais presque maladivement, je m'attache à gagner cette Liberté. C'est mon ambition, ma guerre contre le déterminisme, la routine et le quotidien. Bien sûr, ce combat est sans doute perdu d'avance. Te souviens-tu de ce qu'écrivait Spinoza : «Telle est cette liberté humaine que tous se vantent de posséder et qui consiste en cela seul que les hommes ont conscience de leurs appétits et ignorent les causes qui les déterminent. Un enfant croit librement appéter le lait, un jeune garçon vouloir se venger et, s'il est poltron, vouloir fuir. Un ivrogne croit dire par un libre décret de son âme ce qu'ensuite, revenu à la sobriété, il aurait voulu taire. De même un délirant, un bavard, et bien d'autres de même farine, croient agir par un libre décret de l'âme et non se laisser contraindre». Et pourtant, derrière cette fausse conscience de liberté, n'existe-t-il pas la Liberté, difficilement accessible, qui serait exempte d'assujettissement et qui donnerait à l'homme sa raison d'être. C'est elle que je recherche car j'ai le pressentiment que c'est le seul moyen de ne pas subir mais d'être.

Juliette

Ta quête exige-t-elle des contreparties ?

Thomas

Evidemment. La liberté a ses incompatibilités : l'attachement, la disponibilité !

Juliette

Tu cherches la Liberté, moi, je cherche le Sens. J'ai toujours eu peur de l'inutilité de la vie. Je hais la monotonie, la fadeur et tout particulièrement l'indifférence. Angoisse permanente, sans doute. C'est l'intensité que je cherche, les émotions entières sans doute toujours un peu excessives. A quoi te sert ta liberté ?

Thomas

Elle n'a pas besoin d'être utile. Il lui suffit d'exister. Bien sûr, sans doute m'aide-t-elle à me réaliser, jouir, apprendre et transmettre ?

Juliette

C'est vrai que c'est tentant cette Liberté qui exprime nos envies les plus intimes. Avec ta liberté, n'as-tu jamais envie de m'écrire, de me parler, de me surprendre ? Es-tu finalement libre d'aimer ?

Thomas

Me demandes-tu si je suis libre de m'attacher ? Cette expression a définitivement le charme des oxymores. L'amour n'est-il pas, par essence, la création d'un lien, d'un assujettissement qui se veut indéfini et permanent. Pourquoi m'enchaîner ? Pourquoi entraver volontairement ma quête ? Pourquoi souhaiter que l'union transforme en devoir, ce qui est intrinsèquement un plaisir ? Je suis maladivement sensible à toute forme d'obligation. Je ne veux pas être libre d'aimer. C'est le tribut que je dois payer pour rester un affranchi de la vie. Foutue liberté.

Juliette

Et pourtant, quel bonheur d'aimer librement.

C'est pour moi l'audace de défier le déterminisme, de balayer tous principes moraux et règles conformistes, c'est la provocation de la logique qui impose une réciprocité des sentiments, c'est l'excès de laisser vivre cet amour sans contrepartie, car tu ne m'aimes pas ! C'est aussi l'acceptation de se découvrir autre, inconnue et quelque fois de se heurter soi-même et sans doute d'être finalement libre de soi. C'est un attachement qui libère. Et s'il existe des actes vraiment libres dans cette vie, c'est sans doute, cette proposition qui en sera la plus grande preuve. Déconnectée de toute logique, détachée de toute influence éducative et finalement opposée à tout ce que je conçois ou perçois, je te le demande : Un jour, viens !

MANQUE

Il était là.

Thomas était là, simplement, heureux de passer une soirée en sa compagnie. Pour Juliette, c'était différent. Le bonheur était à la fois moins facile, frêle, et plus violent. Elle vivait leurs rencontres avec l'intensité de ces moments que l'on sait volages. Sa présence auprès d'elle présageait sa future disparition, mais elle faisait semblant de l'ignorer. Elle essayait, comme lui savait si bien le faire, de vivre l'instant pour percevoir la douceur de leurs échanges, le trouble d'une intimité, la jouissance d'un dialogue ou la griserie d'un baiser. Ils bavardaient ensemble avec fluidité. De plus en plus souvent, Thomas parlait de sa fille. Des difficultés de son couple et de leur séparation. Des complications. De la lutte pour son enfant sans doute insuffisante. Du fatalisme qui l'avait conduit à abandonner, à l'abandonner elle. Du temps qui avait laissé s'installer insidieusement le renoncement. Et puis finalement de l'absence infinie qui ne cesse de s'étirer et dont on ne voit pas le bout. Et il lui restait l'absence, le manque.... S'y ajoutaient la souffrance de n'avoir pas fait ce qu'il fallait en temps voulu et l'impossibilité de rattraper ces instants, le regret de la renonciation et la culpabilité de cette désertion où l'on s'abandonne soi-même en abandonnant l'autre. Sans doute avait-il caché cette souffrance sous des couches de savoirs, de travail et d'implication ? Mais sa fille était là, en lui.

Face à ces confidences, Juliette le provoquait pour le faire réagir. De manière générale, elle n'aimait pas les manques : le manque de courage qui permet de voiler les manques, le manque de fantaisie qui transforme le quotidien en routine, le manque de vie ou plutôt de savoir vivre qui engendre tristesse et pessimisme ou encore le manque de tendresse qui fane. Peut-être en avait-elle trop souffert ? Mais ce qu'elle abhorrait par-dessus-tout, c'était Le Manque, celui au singulier qui vous anéantit, celui de l'être que vous espérez. Et il y avait alors l'attente terrifiante et douloureuse d'un instant de vie, l'avenir vide de moments déjà passés, l'abandon vécu et tous les jours renouvelés, l'espoir inavoué parce que ridicule, d'un mot, d'un geste dont on a la certitude qu'il ne viendra pas. Cela faisait mal. Elle savait que ce manque retournait, vrillait le ventre, défigurait l'âme et laissait hagard, hébété et pantelant.

❖

Juliette

Que te souhaiter pour cette nouvelle année, tu as déjà presque tout ? Ah non, pas tout, il te manque l'indispensable : des retrouvailles avec ta fille. Je veux pour toi ce que tu attends et que malheureusement, tu n'espères plus. Puisses-tu avoir ce bonheur ? Je ferme les yeux et t'embrasse irrespectueusement

Thomas

Je n'ai pas tout ! Heureusement, parce que notre but, n'est-il pas de n'avoir plus rien, à la fin de sa vie ? Je ne voudrais pas avoir trop de travail pour me débarrasser de tout cela. De mon côté, je te souhaite pour cette année de trouver l'essentiel, c'est à dire toi-même. J'aurai aimé t'y aider. Un lien avec ma fille, je n'y compte pas trop, mais j'en rêve quand même...Comme je te l'avais dit, je lui ai écrit. Mais elle vient de me répondre qu'elle ne veut pas me voir actuellement et qu'elle souhaite interrompre notre conversation. Quoiqu'il m'en coûte, je veux respecter sa décision. La harceler n'aurait aucun sens. Je comprends sa colère, son incompréhension face à ma disparition. Moi-même, ai-je vraiment appréhendé la situation et ses conséquences? Comment lui expliquer que la jeunesse peut être erreur ? Comment justifier de ne plus l'avoir revue toutes ces années alors que cela reste incompréhensible pour moi ? Je ne peux bien sûr me mettre à sa place et imaginer les sentiments que peuvent provoquer le départ d'un père. Je sais simplement qu'en la perdant, je me suis abîmé à jamais. La responsabilité de l'absence est une douleur immense qui ne faiblit pas. Le temps n'affecte en rien la permanence de cette souffrance. Ma fille est à jamais mon manque, ma fêlure.

Juliette

Mets toute ta volonté et ton énergie à la convaincre de tes sentiments. Surmonte ta peur et ta culpabilité, sans les oublier. Beaucoup de nos rencontres ont été emplies de sa présence. Nous avons toujours aimé parler d'Elle. Sans doute parce qu'il y a dans cet amour que tu lui offres, en l'absence de retour de sa part, les émotions exclusives que j'ai toujours eues pour toi. Nous nous retrouvons sur ce point : la conscience qu'un amour peut survivre de manière unilatérale, s'il y est contraint.

Thomas

Pourquoi suis-je incapable de lui faire comprendre mon affection ? J'aimerais tant qu'elle ait envie de me découvrir. Peut-être pourrais-je lui adresser une photo de ses sœurs et moi qui lui dévoilerait un pan de sa vie enfouie? Mais, cet envoi serait sans doute maladroit puisqu'elle me rejette. Je ne sais plus. J'ai recherché longtemps pourquoi je m'abrutissais dans le travail. Besoin de reconnaissance, sans nul doute, mais pas seulement. Je sais maintenant que j'y camoufle mes souffrances et mes peines. Le travail est mon remède.

Juliette

Envoie cette photo. J'espère que tu ne fais pas de grimaces elle ne s'en remettrait pas. Persiste, espère.

Thomas

Et toi, qu'attends-tu de cette nouvelle année ?

Juliette

Moi ! Pas grand-chose, j'ai simplement la folie de t'espérer.

Juliette

Nous avons laissé tomber notre portrait chinois. Reprenons-le, si tu le veux bien. Dis-moi, quelle sculpture es-tu ?

Thomas

Je suis tout et rien à la fois, une sculpture faite de pleins et de creux. Enivré de matière à certains endroits pour exister et dominer l'espace, un peu charnu par l'ego débordant. Une tête pleine, monumentale et majestueuse qui sait attirer le regard et l'attention. Un corps habité par un mouvement éternel, témoignage d'une suractivité choisie, pour combler le temps, la vie et l'infini. Solide comme un bronze tant que je suis, non pas l'idole que je n'aimerai pas être, mais la pièce majeure, la présence essentielle.

Juliette

Pourquoi un tel besoin ? Par peur du vide ?

Thomas

Sans doute. Peut-être ai-je aussi la conscience d'un devoir à accomplir avant le néant, la volonté de perdurer après le départ ? Peut-être plus sagement mais moins humblement ai-je voulu me donner un but ? Avancer, me faire voir, me sentir reconnu pour croire à mon importance et profiter, temporairement, d'avoir vaincu l'insignifiance de l'Homme. Oui, je le sais bien, ces actes de résistance contre l'infinité sont bien futiles et désespérés.

Juliette

Es-tu un bronze ?

Thomas

Non évidemment, je suis en argile. La vie peut ainsi plus facilement m'enlever de la matière. Elle m'a creusé de doutes, vidé des émotions qu'elle a enfouies sous un masque majestueux et sculptural. A force de retrait, mon visage s'est émacié, mes pommettes sont devenues plus saillantes. Mais c'est en plein cœur que la vie m'a frappé en me dépouillant de substance. Elle m'a extirpé l'essentiel. Personne ne voit ces vides et ces creux. Moi-même, j'essaie de les oublier, de les enfouir en moi, comme s'il était possible de peupler mes manques par ma matière propre. Mais je sais dorénavant que l'on ne se comble pas soi-même.

Juliette

J'ai toujours su voir tes stries, tes marques plus ou moins visibles résultant de coups endurés. J'ai perçu ta blessure profonde qui te fait souffrir, cette fente présente qui te déchire et que tu occultes chaque jour pour qu'elle ne t'empêche pas de vivre.

Thomas

Et toi quelle sculpture es-tu ?

Juliette

Je suis une dentelle de pierres dissimulée dans un cloître. En quelque sorte ton contraire. Je suis celle qui vit avec ses doutes, ses failles, ses faiblesses, ses vides. Je suis cette force qui maintient en un tout, toute cette insignifiance. Je suis creusée de coups et d'absences. Une création intime à partir de vides et de manque de talents, une présence négligeable, imperceptible aux regards des autres, inutile pour tous, ou presque. Appréciée de son seul créateur. Je suis l'énergie du vide, la beauté du manque, cette œuvre qui fait ressortir l'essentiel : Etre.

Thomas

Moi aussi, je connais tes stries et tes marques. Elles sont ta structure et ton architecture. Lorsque je les regarde, elles me déchirent autant que toi. Car tu le sais, j'ai su être ce visiteur, fatigué par la vie, qui s'abrite hors de lui et qui sait voir, en ces instants, la sublime beauté de cette insignifiante dentelle.

Juliette

Mais déjà le gardien du cloître ferme les grilles. Il te demande de partir, de revenir à la vie, de rejoindre la matière et laisser disparaitre le vide et ses pourtours. Pourquoi n'as-tu pas été capable de te cacher dans le cloître ?

ATTENTE

Thomas

Je sais que la soirée d'hier ne t'a pas entièrement contentée. Je comprends toute cette frustration, j'aurais dû m'en douter, et quelque part, anticiper cela. Je sais que tu attends quelque chose que je ne peux pas t'offrir. Je suis vraiment désolé. Je ne sais pas quoi te dire.

Juliette

J'ai aimé être avec toi. Je me nourris de ta présence, je guette tes messages, je cherche tes regards, j'imagine tes mains, j'entends nos dialogues, je rêve d'instants communs, j'espère tes lèvres, je songe à tout ce que j'aurai aimé apprendre par toi, à cette appréhension du monde que tu m'aurais enseignée, à cette compréhension intime que nous aurions partagée. Mais je n'attends rien de tout cela.

Thomas

Je ne t'offre que des bribes de vie, des lambeaux de temps tellement imparfaits, des moments si éphémères qu'ils ne peuvent convenir à une femme d'éternité.

Juliette

Je ne souhaite pas que tu te livres à moi. Tu es déjà en moi. Non, je veux plus, beaucoup plus.

Thomas

Qu'espères-tu alors que je te donne si peu ? Ne t'ai-je pas déjà dit que je ne crois pas en ma capacité à te rendre heureuse ? Qu'attends-tu de moi ?

Juliette

Je veux être ton point d'interrogation, ton incompréhension devant ce qui demeure, ce qui subsiste, l'élément qui défie le temps, la pensée furtive qui s'impose au sommeil, l'insensée qui bouscule raison et logique, le message qui trouble, l'image subliminale qui surgit au tournant d'un rêve comme une persistance rétinienne prolongeant le sommeil, une absence qui d'inconsciente devient essentielle pour devenir manque.

Marie avait organisé un pot pour le départ de son prédécesseur afin que l'équipe et quelques fidèles visiteurs du musée puissent lui dire au revoir et le remercier une dernière fois pour le travail fourni depuis toutes ces années. Elle avait préparé un beau discours, un peu émouvant qui retraçait le long parcours du conservateur, vantant au passage les nombreuses qualités humaines de cet homme qu'elle avait découvert si récemment. Anna avait beaucoup pleuré. Le nouveau retraité s'était contenté d'avoir l'œil humide. On avait alors distribué les cadeaux : canne à pêche, tableau que le conservateur avait toujours affectionné et qui se trouvait précédemment dans son bureau ainsi qu'une carte d'entrée permanente du musée qui avait été pendant si longtemps sa seconde maison. Puis, on avait bu pour oublier, lui sa vieillesse et Marie le travail qui l'attendait.

Elle rentra tard, gaie et légèrement éméchée. La veilleuse de l'ordinateur clignotait. Elle s'approcha de l'appareil pour l'éteindre et s'aperçut qu'elle avait reçu un nouveau message. Elle lut :

Tu es en moi.

Elle sourit à ces mots qui lui étaient adressés. C'était finalement très agréable de recevoir de petites attentions littéraires d'un amoureux mystérieux. Ces messages mystérieux arrivaient régulièrement depuis plusieurs semaines, Marie les attendait. Elle avait d'abord cru à une blague d'un de ses amis. Mais à force d'allusions, elle s'était forgée la conviction qu'aucun d'eux n'était à l'origine de ces emails, ni même n'en avait simplement connaissance. Ses différentes recherches étaient restées infructueuses et elle n'avait jamais obtenu de réponse aux différents mails interrogatifs qu'elle avait pu adresser. Pour la première fois, elle se sentait belle et aimée. Elle avait vécu ces dernières années avec un sentiment d'abandon qui lui avait fait perdre confiance en elle, petit à petit. Et ces mails agissaient comme une perfusion qui diffusait quotidiennement une dose d'amour. Quelle belle attente ! Lorsqu'elle n'avait rien reçu dans la journée, elle ouvrait un message au hasard et passait le reste de la soirée à rêvasser.

Petit mot d'un soir : Je ne sais t'oublier

Ces amis la trouvaient changée. Elle se savait plus souriante, plus sûre d'elle. Le regard des hommes effrontés se posait sur elle et Marie appréciait cela. Un de ces nouveaux voisins l'avait abordée. Elle n'était plus la femme transparente qui inspirait l'indifférence, celle qui était destinée à la solitude et au mépris et tout cela, juste par la force des mots adressés par un inconnu. Alors, elle les lisait encore et encore :

J'ai la folie de t'espérer

Pour avoir plus de proximité avec cet homme, elle avait acheté un calepin en cuir rouge dans lequel elle avait repris les phrases qu'elle préférait.

Je ne peux abandonner ce lien qui nous relie.

Ce serait comme jeter un amour dans le vide.

Si j'avais un rêve, ce serait toi.

Je t'en veux de tout ce que tu me fais vivre —ou pas

Ma pensée s'est enfuie vers toi. Je n'ai pu ni la rattraper, ni la retenir.

Aurais-tu cette folie d'avoir un sentiment pour moi ?

Amour respectueux, plus fort que le temps !

Ma vie est emplie de ta présence, malgré ton absence

Je veux vivre avec toi des moments qui resteront, même avec le temps, des instants de vie intenses et intemporels.

Il y avait vraiment quelque chose d'inconditionnel, de permanent et de sincère dans tous ces messages, qui ne pouvaient laisser Marie insensible. Néanmoins, le sentiment de bonheur d'être la muse de cet écrivain disparaissait parfois devant l'agacement de ne pas en connaître l'auteur.

J'ai immensément peur de ton infini silence

Marie, ignorant le tutoiement des différents mails, n'avait pas tardé à répondre :

> Je vous parle, vous écris. Vos mots me touchent ! Mais que puis-je attendre de sentiments électroniques ?
>
> Qu'attendez-vous donc pour vous faire connaître ?
>
> Je veux vous voir, vous découvrir.

Par retour de mail, elle avait reçu cette réponse énigmatique :

> Je suis un peu en toi. Trouve-moi, je t'espère tant.

Juliette

Coup de spleen. Je ne m'en sors pas, je suis trop seule.

Je sais bien que tu es le dernier vers qui je devrais me tourner.

Thomas

Appelez SOS coup de spleen - SOS coup de spleen répond dans les quatre heures - Appelez SOS coup de spleen.

Je t'appelle ce soir. J'espère que je ne m'engage pas à faire quelque chose que je ne pourrai pas tenir. J'aimerais t'apporter un petit quelque chose.

21 Heures, Juliette espérait l'appel.

- Allo, SOS coup de spleen, femme en détresse ! Vous avez besoin d'un coup de main ?
- Thomas ! inespéré !
- Pour une fois, tu vois, je suis là, au rendez-vous
- Etonnant, improbable !
- Comment vas-tu ?
- Bof, pas très bien. Tu me manques trop, dit-elle d'une voix qui se voulait riante et qui pourtant s'étranglait de chagrin.

Dans un effort surhumain, Juliette éclata de rire et lui lança :

- Depuis quand fais-tu du soutien psychologique ? Je ne pensais pas que cela était dans tes cordes.
- Je débute dans ce domaine. J'aimerais sincèrement pouvoir t'aider, mais je ne sais pas quoi faire.
- Et pourtant, c'est bien toi qui m'a mise dans cette situation. Tu n'as plus qu'à m'en sortir ! Tu veux savoir où j'en suis ! Je n'arrive pas à t'oublier, le temps n'y fait rien et tu me manques toujours autant.

- Je ne comprends pas. C'est étonnant. Pourtant, tu as bien vu que je n'étais pas capable de te rendre heureuse.
- Remarque facile ! Tu n'as même pas essayé. Qui sait ? Peut-être aurais-tu été surpris ? Tu ne m'as même pas laissé le temps de voir tes défauts.
- Mais tu les connais !
- Ah, oui, c'est vrai ! ton principal défaut, c'est de ne pas m'aimer.

Thomas éclata de rire.

- J'en ai d'autres
- Je te l'accorde. Mais nos moments ensemble ont toujours été tellement heureux. Pour tes défauts, veux-tu que je les cite ?
- Non, pas vraiment
- Alors juste celui-là : tu n'es jamais disponible pour les gens qui t'aiment.
- C'est sans doute vrai. Alors pourquoi tiens-tu à moi ?
- Sans doute parce que j'aurai aimé être l'homme que tu es. J'aurai voulu avoir ce charisme, cette intelligence fine pour douter des certitudes communes. Je jalouse tes capacités intellectuelles qui te permettent de te détacher des voies tracées

pour vivre par passion et finalement de choisir ta vie plutôt que de la subir !

- Ce n'est pas de l'Amour.

- Si, je crois que c'est ma façon d'aimer.

- Qu'est ce que l'Amour ? Ce mot peut avoir tant de facettes !

- Pour moi, ce n'est plus une abstraction, c'est toi. J'aime tout en toi. Ou presque. Ta capacité à te réaliser, ton absence de superficialité, ton naturel qui m'étonne et ta sensualité qui m'attire. Mais je hais ton égoïsme ! oh excuse-moi, ta Liberté !

- La Liberté n'est pas l'égoïsme

- Non, c'est vrai, mais n'est-elle pas utilisée quelque fois pour justifier l'égoïsme ?

- Sans doute. Mais je rêve de cette Liberté qui permet de dépasser le carcan sociétal, éducationnel, et pourquoi pas un jour, génétique. Cherche-là et oublie-moi.

- Facile à dire ! Que me donnes-tu comme méthode ?

- Je ne sais pas. Le karaté ?

- Avec toi, c'est d'accord. Par contre, si tu me conseilles l'inscription dans un club sportif, j'ai peur que cela ne me soit d'aucune utilité. Je n'aime pas le sport. Que me proposes-tu d'autres?

- Rencontre de nouvelles personnes, de nouveaux hommes. Je suis certain que l'un d'entre eux saura te rendre heureuse.

- Je n'en ai plus envie. Je n'y crois plus. Tu as tué tous mes rêves.

- Désolé. Je ne voulais vraiment pas cela. T'ai-je déjà parlé de la politique volontariste ?

- Non, c'est quoi ?

- C'est se forcer à la rencontre, s'ouvrir à l'autre, apprendre à voir ce qu'un homme peut t'apporter de bien, de beau ?

- Un homme peut apporter quelque chose de bien, tu en es certain ?

Thomas sourit, de l'autre côté du fil.

- Et tu l'as appliquée, cette politique volontariste ? ça marche ? continua-t-elle

- Il suffit d'y croire !

- Voilà, je te retrouve. Tu ne réponds qu'aux questions qui te conviennent. Je ne saurai donc jamais si tu as appliqué ta propre politique. Assez parlé de moi. Et toi, que deviens-tu ?

- Je travaille. Sous la vague, comme d'habitude. Je ne sais faire que cela. Mais je le fais bien !
- Je n'en doute pas. A ton avis, on se reverra ? Il y a tellement de temps entre nos entrevues que je ne peux m'empêcher de penser, chaque fois, que c'est la dernière.
- Oui, un jour, je trouverai bien le temps de prendre un verre avec toi
- Thomas, si tu le voulais, nous l'aurions déjà pris depuis longtemps ce verre. On aurait même pu déjeuner ensemble. Mais tu ne le souhaites pas.
- Ce n'est pas totalement vrai. C'est plus compliqué que cela. Au fond de moi, comme je te le dis chaque fois, je crois que ce n'est pas une bonne idée de se revoir, surtout pour toi. Mais je ne peux me résoudre à te dire non. Cette réponse serait trop définitive, pour toi mais aussi pour moi. Alors oui, je pense que nous nous reverrons. C'est promis, je t'appelle dès que je peux.
- N'attends pas que je sois vieille, grabataire et édentée. Grouille-toi ! Je veux te revoir sans déambulateur ! Au moins une fois !
- Je te le promets. Préviens-moi quinze jours avant d'acheter ton déambulateur

-       Je te hais !

Il éclata de rire.

-       T'entendre m'a fait plaisir. Tu as réussi à me
remonter le moral. Thomas ?
-       Oui ?
-       Ne m'oublie pas
-       Je cherche une date et on se revoit vite.
-       Ne m'oublie jamais.

FUITE

Juliette

J'imagine que tu aimerais être délivré de moi. L'inverse est tout aussi vrai. Je suis bien consciente de maintenir ce lien écrit entre nous. C'est donc à moi qu'il revient d'arrêter notre échange. Mais auparavant, donne-moi s'il te plaît la réponse qu'il me manque. Pourquoi me fuis-tu ?

Sans message de ta part avant le 10 janvier, je supprimerai ton adresse email et ton numéro de téléphone de mes contacts, seule façon pour moi de tourner cette page de ma vie.

Thomas

La réponse à cette question n'est pas évidente, à moins de la saboter. Tu es peut-être trop exigeante. Sans doute l'amour est-il pour toi un concept absolu, que tu refuses de diluer dans les contraintes bien réelles de la vraie vie, imparfaite, moche et de laquelle on ne peut sortir que quelques moments de bonheur imparfaits, brefs, volés, souvent moyens, mais réels, et nombreux éventuellement ? A côté de cela, les concepts intellectuels tels que l'Amour, l'Histoire, la Beauté, la Morale ne sont que des leurres platoniciens qui nous empêchent d'ouvrir les yeux et de ramasser ce blé qui nous tend les bras. Oublie le beau, oublie l'amour, et penche-toi pour ramasser ton pain quotidien. C'est comme cela que je comprends cette phrase de René Char : "L'obsession de la moisson et l'indifférence à l'Histoire sont les deux extrémités de mon arc".

PS : d'accord pour le 10 janvier, mais de l'année suivante. Je suis certain que je t'aurai revu avant ... C'est pour cela que je suis d'accord.

Juliette

N'as-tu pas appris, dans tes diverses formations, qu'un objectif doit être smart (Simple, Mesurable, Atteignable, Réaliste et Défini dans le Temps) ? Un an et un mois pour me revoir, beau challenge !

PS : Objectif accepté, malgré moi

Thomas

Cela me rappelle cette phrase de Théodore Monod : «L'utopie ne signifie pas l'irréalisable, mais l'irréalisé». Dans le genre pas smart du tout...

Juliette

Me revoir, est-il utopique, d'après Théodore ? A toi d'y répondre ! J'ai bien peur que cela ne soit le cas. Que te souhaiter pour cette nouvelle année ? Sans doute du bonheur !

Je t'en propose une définition : « Le bonheur ne consiste pas à acquérir et à jouir mais à ne rien désirer car il consiste à être libre»[2]. J'ai malheureusement peur que tu appliques ce précepte mieux que moi.

Thomas

Merci pour tes vœux. Je repars sur de bonnes intentions, avec un nouveau titre de mail : J&T Mais oui ! Pas mal ta définition du bonheur. Je t'en transmets une version très légèrement modifiée : Le bonheur ne consiste pas à acquérir mais à jouir et à ne rien désirer car il consiste à être libre. Bises en tout. Je te souhaite tout ce que mérite une belle femme comme toi.

Juliette

Tu t'en sors bien. Que me souhaites-tu vraiment?

Thomas

J'espère que tu pourras atteindre la voie de la sagesse qui consiste à ne pas être crispée ni frustrée par les constructions artificielles que la vie a placées en toi. Je te souhaite le bonheur, finalement, en te laissant aller à accepter la générosité des autres si elle se présente, sans jamais l'attendre.

---

[2] Epictète

Juliette

Cette année, je me souhaite de t'oublier.

Thomas

Mais pourquoi veux-tu m'effacer de toi ? Je pars en conférence demain. Juste le temps de te faire une petite bise électronique, avant de faire ma malle. Je me demande parfois qui je suis.
Je suis de retour dans une dizaine de jours.

Juliette

Petit mot d'un soir : je ne sais t'oublier. En disant cela, je m'aperçois que j'ai déjà abandonné ma bonne résolution de l'année, celle de ne plus penser à toi, de vivre sans attente et sans manque. Pourquoi ais-je un comportement si inconséquent ? Pourquoi préférer souffrir en espérant, que vivre sereinement ?

Juliette

Ne me disais-tu pas que les sentiments amoureux n'étaient que de simples leurres ? Et pourtant ! Je ne me souviens plus de la dernière fois que nous nous sommes vus...il y a peut être deux ans maintenant. Aurais-tu pu croire que mon attachement, fort mal récompensé d'ailleurs, puisse perdurer si longtemps, face à cette absence et finalement, il faut bien que j'en ai conscience, face à ton indifférence ?

Mes sentiments existent et résistent au temps. N'est-ce pas une belle découverte de savoir qu'il existe des réalités auxquelles tu ne crois pas !

Thomas

Sans doute. Mais je réponds à tes messages. Et à chaque fois que je t'écris, je me demande si ce n'est pas une folie que de maintenir ce lien. Je suis en Nouvelle Calédonie en ce moment pour quelques jours et il se trouve que j'ai une petite demi-heure de tranquillité, allongé sur mon lit. J'espère que cela te fera plaisir que je pense à toi, de l'autre bout du monde. Mais que cette pensée ne t'encourage pas à m'écrire plus souvent qu'il ne le faudrait. Car finalement, tu n'es pas raisonnable...

J'aimerais bien te rendre sage et heureuse, c'est-à-dire faire en sorte que tu profites de ce qu'il peut y avoir de positif en moi pour toi, de temps en temps, et que rien de moi ne te rende malheureuse. Je n'ose t'écrire "à bientôt" de peur de provoquer des protestations.

Juliette

Tu as raison. « A bientôt » n'a jamais rien signifié pour toi. Tout au plus puis-je croire que cette expression témoigne d'une envie de me revoir un jour ? Mais je ne comprends pas bien cette volonté de me rendre sage. Je ne veux pas l'être. Car au fond, tu me demandes d'avoir la sagesse d'être heureuse sans toi. Bien sûr avec le temps, j'apprendrai sans doute à apprécier les petits bonheurs solitaires : les couleurs chaudes d'un après-midi d'automne, la sensation d'une pluie fine et chaude sur le visage, l'odeur des pins, le regard souriant d'une personne entraperçue, un rayon de soleil qui caresse la pierre blanche d'une maisonnette, la terrasse d'un café et ses habitants éphémères et volubiles. Sans doute, le temps m'aidera-t-il ? Mais je sais que pour moi, le bonheur se cherche dans la communion de sentiments. Et il n'y a dans ce domaine aucune sagesse, aucune retenue à avoir, seulement un don d'amour absolu, insensé et fou. Non, je n'ai pas envie d'être sage. Pas encore. Pas maintenant. J'ai la folie de t'espérer. Toi malheureusement tu as la sagesse d'être heureux sans moi.

COLERE

Marie rentra chez elle à pied. Décidemment, il faudrait apprendre à vivre avec ce climat humide. Elle ouvrit la boite aux lettres et attrapa le courrier qui s'y trouvait. Elle n'en reconnaissait pas l'écriture. Elle déchira l'enveloppe pour en extraire le contenu. Il n'y avait qu'une photo prise sur la plage. On y voyait en arrière plan quelques pinasses et des parcs à huîtres striant le soleil couchant. Sans doute avait-elle été prise sur le bassin d'Arcachon ? Au premier plan, il y avait un homme avec deux jeunes filles. Marie retourna la carte énigmatique et lut le message :

Franchissons le temps blessé.

La carte flotta un instant dans l'air et chuta sur le sol. Un bouquet d'émotions l'assaillit : trouble, ressentiment, fureur, étonnement, violence, surprise, bouleversement, émoi, serrement de cœur, révolte et surtout, surtout de la colère, une colère froide, violente qui la submergeait, inondant la carapace qu'elle avait construite jour après jour depuis toutes ces années. Ne pas pleurer. Même si sa présence se limitait à une photo, ne pas pleurer devant lui. Il ne le méritait pas. Il avait mis vingt ans pour lui adresser ces quatre mots. Vingt ans pendant laquelle Marie s'était demandé pourquoi il l'avait abandonnée, pourquoi il ne l'avait pas cherchée, aimée, elle, son enfant. Une vague de détresse l'inondait, la laissant confuse et vidée par un rouleau de sentiments qui la projetait violemment du petit quotidien stable et sécurisant qu'elle s'était forgée vers un indéfinissable remous. Ballottée par ce ressac, submergée par une houle de colère qui déferlait sur elle, elle étouffait, noyée par l'amertume et le chagrin.

Ne pas pleurer. D'un geste impulsif, elle attrapa son blouson et sortit. Elle emprunta la rue qui descendait vers la côte. Marie était reconnaissante au Ciel de sangloter pour elle, de la transpercer de ses larmes. Bien plus qu'un crachin breton, les abats d'eau s'apparentaient ce soir là au déluge. Ses vêtements collaient à la peau. Ses cheveux ruisselaient sur ses joues, délivrant les pleurs de la Terre. Marie ôta ses chaussures en arrivant sur la plage et les glissa dans son sac. Elle voulait marcher. Ne pas penser. Marcher et marcher encore pour oublier, pour se vider. Elle avançait d'un pas rapide et mécanique. Elle glissa sur un galet humide et tomba. Elle se releva vivement comme si elle était poursuivit par une ombre et reprit son chemin. Elle fuyait, accélérant la cadence, courant presque, se battant contre le vent qui s'était levé et qui la repoussait. Elle luttait haletante pour avancer, pour vivre comme elle l'avait toujours fait. La mer était déchainée mais Marie ne la regardait pas. L'océan était juste le décor de cette échappée. Elle se sauvait pour ne plus jamais entendre parler de lui, pour ne plus le lire. Mais elle sentait que la petite phrase s'était ancrée involontairement dans son esprit alors même qu'elle cherchait à la repousser de toutes ses forces : Franchissons le temps blessé. Quelle audace ! N'était-ce pas lui qui était à l'origine de cette blessure ? Ne plus penser. Ne pas pleurer. Marcher, marcher jusqu'à en crever.

Le jour commençait à se lever lorsqu'elle revint chez elle. Cette fois-ci, elle ne prit même pas le temps de se sécher. Grelottante et éreintée, les pieds écorchés, elle se laissa tomber sur son lit et s'endormit.

Marie se réveilla douloureuse. Ce serait visiblement un dimanche nauséeux. Pieds nus et emmitouflée dans un confortable peignoir, elle pénétra dans la cuisine pour se préparer un café noir. Que faire de cette journée dominicale ? Marie décida de regarder les photos qu'elle avait prises la veille dans son musée en vue de revoir l'aménagement des pièces. La caféine aidant, elle sentait poindre derrière le brouillard matinal quotidien, le souvenir difficile de sa soirée de la veille. Ne pas penser. Ne plus penser.

Elle n'avait jamais su travailler assise derrière un bureau. Elle disposa toutes les photos des différentes œuvres par terre et s'assit en tailleur devant Saint Roch, Sainte Barbe, Sainte Anne, Saint Jean, Saint Paul et quelques vues de gargouilles. Finalement, elle aimait bien ce contraste, cette opposition complice que l'on retrouvait dans beaucoup d'églises entre le sacré et les légendes. Elle commençait à déplacer toutes les photos sur le sol, à les mélanger dans un espace imaginaire qui était censé représenter la salle principale du musée. Elle en était certaine, il fallait créer une ambiance fantastique autour de ces gargouilles. En installant des flambeaux gothiques, elle pourrait créer des ombres de ces monstres qui surplomberaient le visiteur, l'enveloppant dans une ambiance obscure et ténébreuse. La lueur des bougies illuminerait ces chimères, les faisant surgir de la pénombre comme des vérités abruptes. Marie les voulait présentes, elles qui protégeaient les constructions religieuses et leurs saints de la destruction ! Elle attrapa un livre qu'elle venait d'acheter, feuilleta rapidement quelques pages et s'arrêta sur un paragraphe : «La gargouille apparaît comme un symbole de la vie nocturne, de l'obscur, du monstre en soi, des démons ravageurs. C'est aussi un symbole positif qui, à bien des égards, s'apparente au dragon. Il représente la vie cachée au fond de soi-même, il est en même temps un gardien vigilant, un cerbère et un séducteur, comme tous les diables par ailleurs». Elle aima tout de suite l'idée de cette imperfection statufiée et permanente qui rendait ces pierres tellement humaines. Celles-ci étaient la représentation de nos malaises, de nos obscurcissements, de nos égoïsmes, le contre-jour de nos évidences, la carapace de nos secrets.

En déplaçant les photos, elle s'aperçut qu'elle venait de positionner la photo abandonnée sur le sol la veille, à côté d'une gargouille. Elle sourit faiblement devant l'ironie de ce rapprochement. Pour la première fois, elle examinait cette photo. Elle regarda le visage de l'homme puis observa les enfants qui devaient avoir approximativement huit et douze ans. Le regard de l'une des jeunes filles l'hypnotisait. Il était très beau et profond. Des boucles blondes encadrées un visage rieur et enfantin. Mais au-delà de l'esthétique, Marie était attirée par la sensation d'une proximité avec cette inconnue. Etait-ce les traits du visage qui lui semblaient connus ou s'agissait-il de la perception inconsciente d'une familiarité ? Marie prit la photo, la déchira, repositionna l'homme à côté de la gargouille puis hésita. Le bras en l'air, tenant son débris de photo, elle examinait une par une les œuvres étalées sur le sol. L'air tendre des deux enfants lui rappela les deux chérubins sculptés dans le marbre. Elle déposa le reste du cliché à côté des anges.

Juliette

J'ai voulu t'oublier et j'y ai cru à nouveau. J'ai rencontré quelqu'un. Un autre que toi. Belle tentative ! Un échange intelligent chargé de rêves et de poésie m'a redonné envie d'espérer. Il m'a proposé un rendez-vous au Louvre. Mais le Louvre, c'est Toi. Alors, je l'ai rencontré, ailleurs. Au musée Marmottan précisément, entre les toiles de Monet et le portrait de Berthe Morisot. Là-bas, j'ai ressenti un léger trouble amoureux : la lumière du visage de Berthe, ingénue et lascive qui jaillissait du tableau était là, émouvante. Mon compagnon, lui, ne l'était pas. Et j'ai compris à nouveau, comme à chaque nouvelle rencontre, que je n'avais plus de sentiment à partager. Frappée par l'oubli pendant mes périodes solitaires, je redécouvrais à chaque fois l'inéluctable : la vision tragique de mon incapacité à aimer à nouveau.

Colère sourde, directe, violente, frontale contre toi. Sans rancœur pourtant. Pourquoi ne m'as-tu pas laissé le temps de découvrir tes petitesses, tes lâchetés ? J'aurai alors pu prendre le large, t'oublier, te mépriser peut-être. Quel bonheur ! La liberté de t'effacer de moi, de t'enterrer sous des couches de vie, sous les bruits du quotidien, sous le bonheur donné par d'autres. Mais tu as préféré fuir en silence et sans heurt, me laissant prisonnière de ton mystère, laissant nos instants partagés et heureux constituer les barreaux de ma cellule.

Brute ! Ta disparition est un coup de poing qui laisse mon âme déchirée, pantelante et endolorie et rend ma respiration asphyxique. J'étouffe. Mon corps crie et ma voix hurle ton absence. Je titube, plie sous la douleur. Je me relève. Il faut que je survive. Je n'ai vis-à-vis de toi ni de hargne, ni d'aigreur. Sans doute de la fureur. Qu'as-tu fait de moi ? Pourquoi m'avoir anéantie sentimentalement, vidée de tous émois ? Pourquoi as-tu dérobé mes sentiments ? Si tu prenais au moins soin de ton précieux larcin, si tu le chérissais. Mais je sais trop bien qu'il n'en est rien. Le butin ne t'intéresse pas. Seul l'acte de m'avoir dérobé l'Essentiel a pu t'apporter une légère satisfaction, peut être légèrement teintée de culpabilité.

Comme je le comprends. J'aurais été fière, si j'en avais été capable, de te dérober ton amour, ta tendresse et tes pensées pour les détourner vers moi. Et sans doute, ne te les aurais-je jamais rendus ?

Mais toi, qu'as-tu fait de mes sentiments ?

Lâche ! Tu ne m'as jamais répondu. Sans doute serais-je apaisée si je les savais en toi, s'ils étaient capables de créer un lien réel au-delà du quotidien, de la présence et du temps, s'ils imaginaient l'infini d'un pont entre deux âmes. Mais je les sais enterrés sous l'accumulation de tes contraintes quotidiennes, jetés à l'oubliette, ignorés avec l'indifférence de celui qui sait ce qui est important dans sa vie. Rends-les-moi puisque tu n'en fais rien, retrouve-les, perdus je ne sais où, et renvoie-les moi. Je ne veux plus être le Rien de celui qui est Tout. C'est un destin trop dur que je n'ai pas choisi.

Puisque tu ne veux pas de mes sentiments, je fais un rêve : trouver enfin Celui qui me donnera envie d'un autre que toi. Mais les rêves, s'ils veulent le rester, ne se réalisent pas.

ABANDON

Juliette

Tu as raison, je crois qu'il vaut mieux s'arrêter là. J'aurais préféré ne pas utiliser le mail mais cela aura le mérite d'économiser ton temps précieux. De toute façon, rien de ce qui est insignifiant ne peut faire mal. Je ne te quitte pas, je n'en ai pas besoin. C'est toi qui n'es jamais arrivé.

Thomas

Je suis désolé. Je ne suis pas capable de faire mieux. J'espère que je ne suis pas devenu une espèce insensible qui fait du mal autour d'elle sans le vouloir. En tout cas, tu gardes une place en moi, que je ne veux appeler ni le cœur, parce que tu ne me croirais pas, ni la mémoire parce que c'est trop tôt pour le dire.

Juliette

Tu m'auras apporté un peu de confiance en moi et repris beaucoup : j'ai pris conscience de mon incapacité à être aimée.

Thomas

Je te prie de ne pas croire à cette incapacité là. Je crois plutôt qu'il s'agit de moi, qui n'ais peut-être plus, après ce que j'ai vécu, la capacité d'aimer comme il faudrait. C'est vrai que je ne cherche pas à te retenir parce que je ne crois pas à mon aptitude à te rendre heureuse. Tu as besoin d'une présence plus forte que celle que je t'ai donnée ces derniers temps. Je comprends bien tes aspirations mais je ne suis pas capable d'y répondre de manière satisfaisante.

C'est vrai que j'ai un travail fou et que je ne dégage pas beaucoup de temps et de disponibilité. Mais, je dois être honnête, c'est bien un choix. Je ne veux pas me cacher derrière des arguments facétieux. Je ne supporte plus l'idée d'entrer dans une relation où les liens se tissent dans une routine qui finit par faire perdre peu à peu toute capacité de mouvement et qui impose des devoirs, des exigences à satisfaire, toujours. C'est au fond, davantage des comptes que j'ai à régler avec le passé qu'avec toi. Je ne supporte pas l'idée de troquer ma liberté pour une femme. Je ne me sens plus capable de rajouter des contraintes dans ma vie. Je suis désolé de porter l'image d'un homme égoïste ou perdu dans son travail. Cela peut paraître prétentieux mais au fond, j'espère que c'est aussi de la générosité. Il faut reconnaître que je suis plus talentueux pour faire plaisir à mes étudiants que pour aimer une femme.

Juliette

Je crois tout simplement que je ne suis pas l'une de ces femmes que l'on aime. J'ai pourtant du mal à me résoudre à te voir disparaître définitivement de ma vie. Je ne peux abandonner ce lien qui nous relie. C'est comme jeter mes sentiments dans le vide. Donne-moi de tes nouvelles de temps en temps.

Juliette

Tu es le sens de mes jours. J'ai cru pouvoir t'oublier alors que tu m'habites depuis si longtemps. Tu es présent, permanent, dévorant et pourtant si lointain. Tu es le plein qui comble mes vides, le bonheur rendu à une âme triste. Tu es celui qui sait faire naître ce sentiment désintéressé et fou, qui persiste même à sens unique. Tu es mon Essentiel.

Juliette

Je sais que nous nous sommes dit adieu. Et pourtant, cela fait au moins une décennie que j'attends un mail de toi. Tu n'as aucune notion du temps. Peut-être penseras-tu à moi une fois au cours de ce siècle ? Sais-tu que mon unité de temps est l'heure ?

Juliette

Toujours pas de signe de vie. Tu m'as enterrée sous les couches du quotidien. C'est terrible, j'ai déjà disparu de ta mémoire.

Juliette

J'imagine que tu méprises mon inconstance et mon manque de volonté. Je t'ai adressé tant de mails d'adieu. Et pourtant la force est là qui maîtrise et cantonne à l'écriture tous les débordements que pourraient générer de tels sentiments. J'ai toujours respecté ta vie et ta liberté et j'ai simplement la faiblesse de laisser aux mots le pouvoir de te conserver un peu.

Juliette

Suis-je destinée à l'abandon, l'indifférence et la solitude ? M'as-tu vraiment abandonnée ?

Juliette

Mes messages ne t atteignent pas, ne te touchent pas. Mots adressés dans le vide, mots désintéressés pour toi... Malgré toi.

Juliette

J'ai immensément peur de ton infini silence..............

Juliette

Comment oublier toutes ces années au cours desquelles tu as interféré sur ma vie, par le trouble que tu fais naître lorsque je frôle un homme qui te ressemble, par le sourire qui m'illumine dès que je pense à toi, par mes lectures inconsciemment plus artistiques, par le manque que tu as su créer, par cette brûlure toujours absente lorsque d'autres m'effleurent les doigts, par ton indifférence qui m'achève, par ton absence qui, elle, me rend forte, par le bonheur de savoir que j'ai aimé passionnément, par le sentiment d'avoir dépassé le concept du temps et commencé à appréhender la notion d'infini.

Juliette avait toujours su qu'elle vivrait cette heure, qui se prolongerait indéfiniment comme le point d'orgue du siècle en cours. Celle où elle prendrait conscience de l'Abandon. Elle l'avait tellement attendu ce moment redouté. C'était fait. Il l'avait délaissée sur le chemin de cette liberté, peu glorieuse, constituée d'envies égocentriques et d'absence de contraintes. S'il avait eu au début quelques sentiments pour elle, ce qui était loin d'être évident, ceux-ci déserteraient rapidement sa mémoire et seraient rapidement redistribués à d'autres, sans doute plus méritantes. Elle était jetée sur le chemin, avec dédain. Par pur désintérêt. Comme une preuve de sa propre inutilité et de son inconsistance. C'était un pied de nez à sa propre vanité, une humilité qu'il lui imposait. Une foule hagarde de mots s'amassait : Vacuité, Anéantissement, Inexistence, Vide, Insignifiance, Zéro.

Elle était une fadaise, une foutaise de l'existence. Et il lui fallait maintenant vivre toute une vie de cette solitude et laisser les futilités combler cet espace-temps, laisser aux années le loisir de créer cet abîme qui défigurerait encore l'indifférence en supprimant chez lui, la conscience de son existence à elle. Le fil des ans la ferait disparaître de sa mémoire, de sa conscience, de son subconscient. Le Rien de Lui, c'était définitivement elle.

Il n'y avait plus, pour survivre, qu'à s'abandonner au temps qui prenait tout, abimait tout en espérant qu'un jour, le futur se sente coupable.

❖

Ce matin de Pâques, Marie arpentait son appartement, traînant derrière elle sa nostalgie. Elle se sentait seule et désœuvrée. Ces amis, pour la plupart, passaient les fêtes en famille et l'avaient abandonnée. Pourquoi n'était-elle donc pas allée en Gironde, comme chaque année ?

Elle recevait toujours très régulièrement des messages de son mystérieux interlocuteur. Mais elle n'avait plus jamais reçu de réponse aux mails interrogateurs qu'elle pouvait lui adresser. Cet homme n'était donc pas une promesse de bonheur mais un simple mirage. Un instant, elle décida de travailler à son exposition dont la date approchait à grands pas, mais elle sentait qu'il n'en sortirait rien de bon. Il lui fallait cependant trouver rapidement un titre qui lui permette de présenter l'ensemble des œuvres avec une thématique unique. Elle essaya de se concentrer sur le sujet, mais ses états d'âme avaient pris le dessus. Ce sont eux qui faisaient jaillir des mots désarticulés : solitude ; oubli ; tristesse ; impuissance ; vide ; abandon ; évacuation ; gargouille ; monstre ; démon ; diable ; saints ; béat ; bienheureux ; martyrisé ; tourmenté ; absence ; présence ; passé ; mythique ; irréel ; fantasmagorique.

Les titres suivaient, tout aussi confus : saints et gargouilles, monstres mythiques, saints et démons, gargouilles oubliées, présences fantasmagoriques. Lasse, elle s'arrêta sur ce dernier titre, sans conviction. Elle regarda l'horloge de la cuisine. Il lui fallait vivre cette journée qui s'étirait infiniment, oublier les heures, s'alanguir du temps inutile qui s'exprimait, s'effacer devant cette vie qui ne voulait définitivement pas s'intéresser à elle. Elle s'allongea sur son canapé avec une sorte de nonchalance et de torpeur muette et ferma les yeux, par insolence, pour devenir cette forme oubliée de tous, cette excroissance qui encombre la vie rangée de l'appartement, qui déforme le meuble aux formes calculées, qui trouble la géométrie nette de son habitation rangée. Le prochain locataire la découvrirait là, sans doute un jour, immobile, statufiée par l'oubli. Le silence s'abattit dans un temps démesuré.

Le carillon de la porte d'entrée tonna, brisant cette paix discrète. Puis, il y eut un double coup de sonnette, impatienté. Marie sortit difficilement de son apathie. La porte s'ouvrit pour laisser passer une javotte volubile flanquée d'un jeune homme un peu timide :

-      J'ai loupé mon train ! Tu me connais, je me suis couchée tard hier soir et ce matin, je n'ai pas entendu mon réveil. Pas de repas pascal en famille cette année ! Mes parents vont me tuer ! Je préfère ne même pas les prévenir. Même si avec la SNCF, on peut trouver plein d'excuses : un arbre qui est tombé sur la voie, une caténaire cassée, on ne sait pas trop ce que c'est, mais cela fait technique, un suicide sur la voie. Ah oui, c'est bien un suicide, Pâques est une bonne date pour en finir ! Au fait, on vient manger chez toi. Lui, c'est un copain, Novak. Il était tout seul aujourd'hui. Et cela n'est pas admissible de rester isolé un tel jour. Cela ne te dérange pas ?

Marie, saoulée par le silence matinal, venait de trébucher sur un morceau de vie ardente. Cette fille était une vraie bénédiction. Le verbiage de la pétulante Clémentine insufflait des couleurs chaudes à cette journée, la sauvant elle et sans doute Novak, d'une pâle tristesse. Ces paroles ressemblaient à un bouche-à-bouche qui instillait la tiédeur de la vie, la douceur d'une chaleureuse amitié et les rires d'une journée d'été.

- Mais non, non, vous avez bien fait !

Et la bavarde poursuivait déjà :

- Bon qu'est ce que l'on mange ? Où est ton gigot ? Tu sais que ma mère m'a bien éduquée ! Je ne suis pas arrivée les mains vides, j'ai apporté un Saint Honoré et une bouteille de champagne. A l'apéritif !

Novak, gêné de participer à cette intrusion impromptue, s'était lancé dans une phrase d'excuse qui n'arriva jamais à terme, Clémentine, venant une nouvelle fois de lui couper la parole :

-    T'inquiète, elle a l'habitude !

Déjà, elle ouvrait tous les placards pour sortir assiettes et verres. De son côté, Marie attrapa les flûtes et ouvrit la bouteille de champagne. On trinqua. L'alcool et la discussion finirent par réchauffer les corps et les âmes. Des coquilles Saint Jacques congelées et une boite de riz les sauvèrent du jeûne pascal.

-    Comment vont tes amours ? Pourquoi n'as-tu pas proposé à Jacques de venir, demanda Marie à Clémentine.

-    J'ai réfléchi !

-    Ah bon, s'inquiéta Marie

-    Tu me connais, je veux toujours tout. Depuis ce Saint Honoré qui est sublime, crémeux, dégoulinant ! Je le veux. Cette robe par exemple que tu portais l'autre jour. Quelle ligne ! Elle est sublime, je la veux. Je veux tout. Rire, danser, crier, sauter, partager, aimer, voyager. Tu sais, la Namibie, Rome, Venise, Istanbul, Kyoto. Tout voir, tout admirer, tout sentir.

- Je veux tout, tout avoir... une maison avec un grand chêne, des enfants, une chaise longue, des fleurs, un potager, des cuillères en argent, une bibliothèque, des livres, de l'espoir, plein d'amis et aussi une passion rien qu'à moi.

Je veux tout, tout être ... Etre heureuse, malheureuse, mélancolique, gaie, stupide parfois, cultivée, passionnée, peureuse et audacieuse, amoureuse, malicieuse, curieuse, aventureuse et surtout très envieuse. Je veux être écrivain, artiste, astronome, scientifique....et même banquier.

J'ai envie de tout. J'ai envie d'être tout.

Oui, j'ai vraiment envie de tout. Envie de tout..........sauf de lui. Voilà, en quelques mots ce que je lui ai dit !

Marie riait aux éclats, sans aucune empathie pour ce pauvre prétendant qui s'était fait éconduire si directement. Novak lui aussi avait souri mais semblait plus compatissant avec la gent masculine. Il connaissait Clémentine depuis plusieurs années et savait avec quelle facilité il était possible de devenir la cible de l'impulsivité de cette jeune fille. En réponse aux interrogations de Marie, il précisa qu'il s'était présenté au concours de professeur des écoles dans plusieurs académies et avait réussi celui de Rennes. Il avait pris son poste en début d'année, dans cette région qui était loin de ses racines et qui lui semblait, au moins jusqu'à ce jour, fort peu hospitalière. Ses parents, serbes d'origine, avaient immigré à Paris lorsqu'il avait trois ans. La Bretagne, était donc pour lui une expatriation laborieuse et humide. La discussion dériva sur les nouveaux projets de cycles scolaires et puis naturellement vers la politique. Connaissant leurs divergences sur le sujet et afin d'éviter toute polémique, Clémentine pris des nouvelles de la future exposition de Marie.

- L'organisation de ton pince-fesse culturel avance-t-elle ?
- Pas vraiment, je cherche désespérément un titre. J'invite au cinéma celui qui m'aide à le trouver ! Vous connaissez le musée : on y trouve quelques statues de saints, des gargouilles et quelques sculptures éparses.
- Sanctus et Gargouillator, lança immédiatement Clémentine.
- Une réminiscence d'Albator, peut-être, ironisa Marie
- Saintes gargouilles, proposa Novak
- Mystères du moyen âge

- Les saints doivent être plus âgés !
- Mystères d'antan, alors

Clémentine reçut en guise de réponse une moue désapprobatrice.

- En parlant de mystère, où en es tu avec ton bel inconnu ?

Marie hésita.

- Novak, c'est comme mon petit frère. Et ma famille, c'est un peu la tienne. En plus, c'est une tombe !

répondit Clémentine pour briser les dernières réticences de son amie.

- Je reçois très régulièrement de superbes messages d'amour et j'avoue qu'ils me troublent profondément. Il y a tellement de violence et de sincérité dans ces messages, une sorte de folie amoureuse et mystérieuse. Je ne comprends pas qu'il ne veuille pas me rencontrer. C'est un peu comme s'il fallait que je le cherche, que je le découvre par moi-même.
- Et tu n'as pas la moindre idée de l'expéditeur ?
- Non, pas du tout. Mais il m'a laissé un message qui ressemble à un indice :

Je suis un peu en toi. Trouve-moi, je t'espère tant.

- Je ne vois pas qui cela peut être, poursuivit Marie.

- Allez, montre nous ces messages !

Marie alluma son ordinateur et ouvrit le dossier qu'elle avait intitulé «rêve d'inconnu». La liste des messages s'afficha, infiniment longue. Cela faisait plusieurs mois qu'il lui écrivait des missives passionnées. Marie ouvrit quelques messages choisis puis cliqua sur le dernier mail. Ses amis se penchèrent sur l'ordinateur :

Tu es le sens de ma vie, son accomplissement, ce que j'ai cru pouvoir oublier et qui pourtant m'habite depuis toujours.
Tu es présente, permanente, dévorante et pourtant si lointaine.
Tu es le plein qui comble mes vides, le bonheur rendu à une âme triste.
Tu es celle qui sait faire naître ce sentiment désintéressé et fou, qui persiste même à sens unique.
Tu es mon Essentiel

- J'adore ! Pourquoi est ce que cela n'arrive qu'à toi ? Qu'est-ce que tu en dis Novak ?

L'ami était visiblement resté sans voix face à cette fabuleuse déclaration d'amour. Narquoise, Clémentine poursuivit :

- Tu viens de te rendre compte que tes techniques de drague sont à revoir, que les femmes aiment l'élégance, la passion et le mystère.

Ignorant la tirade de son amie, il répondit très calmement.

- Vous savez que veut dire, брижан отац " ?

Marie s'était retournée vivement vers Novak. Il y avait dans ce questionnement, la certitude qu'il détenait la réponse.

- Non, et toi ? s'exclama Marie.

Comme pour s'excuser de cette révélation, il précisa :

- Je crois que c'est du serbe.

- Alors, qu'est ce que cela veut dire, s'écrièrent en même temps les deux filles ?

- Je ne suis pas certain de la signification. J'ai juste une intuition. Je veux vérifier la traduction avant de vous lancer sur une fausse piste.

- Non, dis-le moi tout de suite, s'il te plaît, supplia Marie

- Non, je vérifie et je te recontacte dans la semaine, c'est promis.

MAGNETISME

Juliette

Thomas, s'il te plaît, réponds-moi. Ton silence m'achève. Si un jour, tu as un soupçon de sentiment pour moi, fais-moi signe.

Thomas

Je suis là. Tu sais bien que je lis tes messages mais que je ne sais comment y répondre

Juliette

S'il te plaît, prenons un café, ensemble. J'ai besoin de te revoir une dernière fois.

La pluie était là pour saluer leurs retrouvailles. Cela faisait presque trois ans qu'ils ne s'étaient pas vus. Juliette était en avance et l'attendait comme convenu dans un bar situé en face de l'Ecole Nationale Supérieure des Beaux-Arts, rue Bonaparte. Elle essayait de tromper sa fébrilité en tentant de lire un roman d'Olivier Adam. Thomas était arrivé juste à l'heure et s'était directement glissé sur la banquette à côté d'elle.

-       Tu vas bien ? Tu m'attends depuis longtemps ?

Juste quelques mots banals après trois ans d'absence, transfigurés par le frôlement de son bras sur son épaule.

- Quelques minutes qui s'ajoutent à quelques années !

Il sourit.

- J'ai un travail fou mais je me suis libéré une heure pour toi.

Cette fois-ci, c'est elle qui eut un rictus, devant cette remarque improbable.

- Pourquoi est-ce que je n'arrive pas à t'oublier, malgré le temps, malgré l'absence ?

- Je ne sais pas, c'est fou, je ne connais pas d'histoire comme celle-là.

Il la regardait. Ses yeux caressaient son visage, se promenaient sur sa peau, absorbaient ses lèvres, sillonnaient les rides légères, traversaient les prunelles de ses yeux qui constituaient la porte d'accès pour se promener en elle, pour se couler dans ses veines et accéder à son cœur : Pourquoi ? Comment cette femme arrivait-elle à donner vie à ce qu'il voulait vide et mourant ? Il était surpris, comme chaque fois. Elle était un mystère intriguant qui défiait toute logique. Il colla son front contre le sien, sans la quitter du regard, l'absorbant, la mémorisant en lui, leurs yeux magnétisés, indissociables, uniques.

L'absence de mouvement, leur fixité avaient englouti le temps dans une nouvelle dimension inconnue. Ils étaient, dans l'Universel, déconnectés des convenances minables et des aspirations nombrilistes qui n'ont qu'un but : combler l'écoulement du temps. Statufiés, ils défiaient le temps.

C'est Juliette qui avait assassiné cette éternité en l'embrassant instinctivement, furtivement. Elle s'en voulait déjà. Elle s'en voudrait toujours. Si elle n'avait pas bougé, peut-être seraient-ils encore là dans une permanente intemporalité ?

En lui rendant son baiser, il murmura :

- Non, ce n'est pas la peine, je te le dis à chaque fois !

- Qu'est ce que tu me dis chaque fois ?

- Dès que je te revois, j'ai un choc. Je le sais, je m'y prépare. Il n'y a donc aucune raison que je le ressente. Et pourtant, il est là, chaque fois.

On le sentait pensif.

- Il faudrait que je cherche à comprendre pourquoi je ne cherche pas à te voir. Je pourrai t'appeler au moins.

- Tu ne peux même pas dire que c'est parce que je menace ta liberté !

- Si un peu, tout de même.
- Avec une rencontre tous les trois ans ?
- Tu sais bien que si nous nous retrouvions régulièrement, cela finirait par créer des frustrations, un manque.
- Mais je vis avec ce manque tous les jours. Curieusement, le temps et ton silence n'effacent rien.
- Aujourd'hui, je suis là, ce moment t'appartient.
- Pourquoi ne me réponds-tu jamais ?
- A chaque fois que je t'écris, je me demande l'utilité de maintenir ce lien épistolaire qui ne peut que te blesser. Qu'est ce que tu souhaiterais savoir et que je ne t'ai pas encore dit?
- Est-ce que tu tiens à moi ?

Il hésita un instant

- Oui et non. Si ce n'était pas du tout le cas, je ne serai pas là. D'un autre côté, je voudrai te savoir heureuse avec un autre que moi répondit-il, en l'embrassant pour atténuer l'effet glacial de cette réponse semi-négative.

Ils savaient tous deux qu'ils avaient peu de temps devant eux. Ils parlaient de tout, de rien. Ils aimaient être ensemble. Leurs regards se soutenaient, leurs mains se cherchaient pour goûter l'intensité de chaque instant de cette rencontre. Les autres tables du café s'étaient estompées, le serveur s'était fondu derrière le bar et la vie s'était dissimulée autour d'eux. Comme au premier jour, au Louvre. Ils avaient commandé un café pour mettre un atome de réalité dans ces retrouvailles qui n'étaient qu'illusion. Pour elle, c'était un instant qui avait une saveur éphémère, fugace, auquel elle saurait donner un goût d'éternité. Pour lui, au contraire, c'était un moment entier, un tout, qui pourtant deviendrait périssable dès qu'il aurait tourné le dos, dès qu'il aurait franchi le seuil de ce café. Comme s'il était capable de vivre chaque moment pleinement, en effaçant de sa mémoire, tout ce qui ne lui servait pas dans l'instant. Il ressemblait à ces professeurs qui, face au tableau, écrivent l'important d'une main et l'effacent aussi vite de l'autre, transformant sans état d'âme, l'essentiel en néant. Il avait en quelque sorte la générosité du présent et l'avarice du souvenir. De ce qui était passé, rien n'était important, tout était caduc, prescrit. Mais là, en cet instant, face à lui, elle semblait être son tout, quelques minutes, un quart d'heure peut-être, une heure si elle avait de la chance. Et pourtant, Juliette n'était pas dupe de cette apparence trompeuse, elle seule avait de véritables sentiments pour lui. Il l'embrassa à nouveau, en la regardant intensément.

- Merci, lui dit-il
- Pourquoi me remercies-tu ?
- Parce que tu es là, ici avec moi et que c'est étonnant ; tout simplement, pour ce moment.

Elle avait toujours été intriguée par ces mercis qu'il égrainait lors de leurs rencontres. Ces mots juraient avec la longue indifférence des périodes interminables qui s'écoulaient entre deux rendez-vous. Alors, elle eut envie d'y croire un instant, se noyant dans son regard, caressant ce leurre qui transformait une simple présence en rêve partagé, un simple remerciement en un désir commun de retrouvailles, quelques mots charmeurs en sentiments réciproques. Elle s'abandonna contre son torse, espérant secrètement rester pétrifiée avec lui.

- Si j'avais un rêve, ce serait toi, murmura-t-elle
- Un rêve, tu en es certaine ! Ne suis-je pas plutôt un cauchemar ? Ne vivrais-tu pas mieux si tu ne m'avais pas connu ?

Juliette ne répondit pas. Elle s'était tant de fois posée cette question.

Comme des amis de longue date, ils parlèrent de tout et de ce rien qui avait survécu pendant trois ans. Puis, ils restèrent enlacés et silencieux, profitant du présent. Un homme entra dans le café.

-       Thomas, on t'attend tous !

La vie venait de les rattraper. Il avait alors souri à Juliette comme pour s'excuser de cette nouvelle fuite et lui avait murmuré :

-       Merci pour cet instant de vie.

Il s'était alors levé pour retrouver son collègue, avait rassemblé ses affaires et s'était éloigné lentement en adressant à Juliette un regard indéfinissable.

Thomas

Reprenons notre portrait chinois. Quelle force es-tu ? La gravitation, la force nucléaire ?

Juliette

La force électromagnétique bien sûr.

L'Aimant ! Quel mot mystérieux ? Il est l'attraction et la puissance, un pôle d'énergie ensorcelant qui rend captif, un corps magnétisé qui attire vers lui, qui affole toute boussole.

L'aiguille oscille. L'Aimant ne perturbe-t-il pas raison et sagesse ?

Attention, il approche, fuis !

A moins qu'il ne soit trop tard. Pourvu qu'il soit trop tard. Le champ magnétique est-il déjà influent ? Es-tu sensible à cette folle énergie, à cette attraction pure ? Ressens-tu la force de l'Aimant ?

Thomas

Sans doute l'ai-je ressenti ! Prisonnier de son regard et captif de ses lèvres, j'ai bien vécu ces instants magnétiques qui sont restés en moi empreints de bonheur et de crainte. Et, j'ai eu à nouveau peur pour ma liberté. Liberté chérie. Alors, je me suis retournée pour que nous puissions nous faire face comme deux pôles identiques, pour que nous nous repoussions avec la même force que celle avec laquelle nous pouvions nous attirer.

Juliette

Je suis l'Aimant. Ne fuis pas !

Thomas

Je m'en vais, te repousse. Connais-tu les photons jumeaux ? Ce sont des particules créées conjointement qui, même géographiquement séparées, peuvent se comporter comme un système unique.

Juliette

Je les perçois ou les imagine. L'un serait libre de ses choix et de ses directions et peut-être même détaché et indifférent à l'autre. Le second, sans doute subordonné, conserverait le premier en mémoire et discernerait de manière permanente l'interaction qui existe entre eux deux, sans notion de distance et de temps. Le second pourrait paraître plus faible par sa dépendance à l'autre et par son moindre degré de liberté. Mais c'est aussi le seul capable d'appréhender et d'apprécier les instants de vie qui existent par cette interaction objective entre les deux, le seul qui conçoit et sait vivre de ce lien existant.Il gagne en perception et en discernement, ce que l'autre conserve en liberté. Ne fuis pas. Je ne peux nier cette interdépendance avec toi. Elle existe vraiment. Elle vivra sans échange de messages. Elle restera écrite sans lecteur. Mais elle vivra, par moi. Tu es en moi. Je te laisse à ta liberté inconsciente.

Thomas

Derrière nos vies séparées, il y aura toujours la mémoire de l'Autre.

Il l'avait laissée entrer la première dans l'ascenseur et s'était glissé après elle, lui frôlant dangereusement la main au passage. L'habitacle, très étroit, laissait entre eux un léger espace respectueux, trop faible cependant, pour qu'elle résiste à l'attirance qu'il exerçait sur elle.

Marie l'avait déjà aperçu dans son musée à deux reprises et n'avait pu s'empêcher de le suivre du regard. C'était un très bel homme, d'une élégance toute naturelle. Elle sentit instinctivement un trouble l'envahir et se laissa happer par une effusion de sentiments flous et confus qu'elle ne chercha même pas à décrypter. Fuyant son regard qui l'aurait fait basculer dans une folle inconscience, elle se raccrocha à la réalité en fixant le pull-over brun qui se trouvait à hauteur de ses yeux et qui déjà l'hypnotisait. Envie irrésistible de douceur, de chaleur douillette et de bonheur cotonneux. Son corps basculait vers lui, simplement sauvé, avant tout lâché prise, par un esprit vaincu mais combattif. Tout en elle résistait à l'ardent vertige de bien-être qu'elle ressentait, dans un combat sans conviction, comme pourrait le vivre une étoile qui se serait aventurée trop près d'un trou noir. Elle se savait déjà dépossédée d'elle-même pour s'envahir de lui. En elle, une sorte de brume apparaissait au fil des étages, dans cet instant perplexe et irrésolu. L'ascenseur insensible s'arrêta. Pour éviter de sombrer dans le lainage, Marie leva les yeux vers cet hôte et croisa son regard. Il la regardait intensément. Avec simplicité, il se pencha vers elle et l'embrassa légèrement. Sans doute en avait-il eu envie, à cet instant….

Marie s'était échappée, comme toujours. Fuir, Partir, c'était toujours la seule chose qu'elle avait su faire. Elle avait senti flotter derrière elle le sourire énigmatique et amusé de cet homme. Evanescente, légère et sublimée, elle avait atteint sa porte d'entrée pour s'apercevoir qu'elle avait oublié son sac à main au musée.

Il était tout juste dix-neuf heures lorsqu'elle accéda dans le hall d'accueil. Anna qui assurait la fermeture du musée le jeudi soir éteignait les dernières lumières. En voyant revenir Marie, elle se précipita dans l'arrière bureau et revint avec un magnifique bouquet de roses.

-       C'est pour toi, il vient juste d'arriver. Il y a même une carte !

Marie eut envie de rire, en voyant la tête de sa collaboratrice émergée du bouquet.

-       C'est toujours agréable de recevoir des fleurs, tu en as de la chance ! insista-telle

-       Oui, bien sûr merci

Marie ouvrit l'enveloppe et lut les mots énigmatiques adressés par l'expéditeur anonyme :

Paris – Place Colette – Samedi prochain 14H30

Elle noya son regard dans cette brassée de fleurs qui était un hymne à la pureté et à l'élégance. Elle ne put s'empêcher de les compter : vingt-quatre roses blanches et quelques lys. C'était évidemment un homme délicat et raffiné qui lui avait adressé ce poème aromatique. C'était une sorte d'espérance parfumée, d'arôme de bonheur auquel Marie ne se sentait pas capable de résister, la réminiscence d'une âme délicate et d'une élégance disparue. Qui était-ce ? L'homme de l'ascenseur ? Un inconnu ? Peu importe, Marie savait qu'elle serait au rendez-vous. Elle avait toujours eu la folie de Vivre.

Peur

Clémentine venait de rejoindre Marie qui, déjà attablée devant un café, profitait des derniers rayons d'un soleil automnal. Elle était visiblement un peu agitée.

- Un Schweppes ! hurla-telle au serveur. Tu as vu, il l'a découpée ! poursuivit-elle, sans même saluer Marie.
- Il a découpé quoi ?
- Elle, sa victime ! Il l'a découpée en morceaux et il les a ensuite enterrés à différents endroits. Les gendarmes recherchent encore des parties du corps.
- Mais de quoi parles-tu ?
- Est-ce que tu vis sur terre ou au milieu de tes gargouilles ? N'as-tu pas écouté les informations ?
- Non, pas ces dernières soixante-douze heures.
- Ils viennent de retrouver une personne assassinée monstrueusement tout près de chez toi
- Où ?
- Près du Mont Saint-Michel
- Mais c'est à deux cents kilomètres.
- Et alors, les meurtriers ont bien des voitures. Et c'est dans notre région !

- Pas tout à fait, j'en connais qui hurleraient si je leur disais que le Mont Saint-Michel était en Bretagne.
- Ne joue pas sur les mots, tu es en danger !
- Tous les bretons et les normands sont en danger, c'est moins grave. Statistiquement, cela dilue le risque.
- Tu n'as rien compris. C'est toi qui es en danger.
- Et toi, non ?
- Non, moi, je ne reçois pas de mots d'amour !
- Et que viennent faire mes mails dans cette histoire ?
- Les gendarmes ont rencontré les parents de la victime pour essayer de reconstituer les habitudes de la jeune fille. Tu imagines, ils étaient effondrés. Les gendarmes ont examiné sa chambre et ont saisi son ordinateur pour accéder à ses mails.Devine ce qu'ils ont trouvé ?
- Je n'en sais rien. Des mails de la Redoute ?
- Arrête avec ton humour à deux balles. Ils ont retrouvé des messages d'amour !
- Elle avait un petit copain ?
- Mais non, les gendarmes pensent que ces mails lui ont été adressés par son agresseur. Cela

commence toujours pareil : tu reçois des mots d'amour d'un homme charmant ; tu es séduite par des déclarations qui n'émouvraient même pas une adolescente pré-pubère ; il t'écrit tout ce que tu veux entendre : que tu es la plus belle femme qu'il ait croisée ; que tu es le trou noir qui l'attire irrémédiablement ; qu'il n'arrive plus à respirer loin de toi ; que la lune est bien pâle à côté de ta photo ; que tu éclipses le soleil par ton éclat ou encore que tu es un peu en lui, qu'il faut que tu le trouves puisqu'il t'espère tant. Il est assez malin pour ne pas te préciser que tu iras très bien avec la couleur de son aspirateur ou de sa hotte de cuisine. A ce stade, tu es en pamoison ; tu nargues tes copines avec tes petits emails ; tu souris bêtement pour montrer que tu es le Bonheur incarné ; tu te maquilles, mets des décolletés plongeants pour prouver que tu mérites toutes ces attentions. Puis, tu reçois un mot énigmatique dans ta boîte aux lettres. C'est un rendez-vous, évidemment, et comme tu es une fille complètement stupide, tu l'acceptes. Tu rêvasses de lui pendant trois jours en t'imaginant qu'un homme si attentionné, si gentil, si intelligent et si drôle ressemblera évidemment à

165

Robert Redford. Le soir venu, tu te prépares : robe noire, écharpe rouge, maquillage léger et profond, chaussures à talons, parfum subtil et troublant. Tu vas au rendez-vous à l'heure convenue, belle, radieuse, heureuse. Et hop ! On te retrouve, Superbe, mais dans des sacs ALBAL !

- Quelle horreur, tu es trop glauque.
- J'espère au moins que tu n'as pas encore reçu de demande de rendez-vous.

Marie hésita un instant.

- Non, je n'ai rien eu, murmura-t-elle
- Ouf, c'est déjà cela. Je finis mon Schweppes et on va déposer plainte. Je ne m'en remettrais pas si on te retrouvait en puzzles.

Les deux jeunes femmes entrèrent dans le commissariat. Après avoir attendu plus de quarante minutes sur un banc délabré, le policier de permanence les conduisit dans un petit bureau.

- Alors je vous écoute, Nom ?
- Montbrun
- Prénom ?

- Marie
- Que vous est-il arrivé ?

Marie se tourna vers Clémentine. Elle ne se sentait pas du tout inquiète et ne voyait pas pourquoi elle était là, assise dans un commissariat, pour dévoiler à un inconnu le contenu de sa messagerie. Sa petite vie privée, tellement insipide d'ailleurs, ne regardait qu'elle. Face au mutisme de son amie, Clémentine répondit :

- Ma copine reçoit des messages d'un inconnu
- Ok, répondit le policier en s'installant devant son ordinateur...Mais Mademoiselle Marie Montbrun doit être assez grande pour me répondre toute seule. Ces messages sont-ils agressifs, menaçants, insultants ou discriminatoires ?
- Il s'agit de messages d'amour.

Le policier s'arrêta de taper et les dévisagea toutes les deux.

- Donc, si j'ai bien compris, vous venez déposer plainte pour réception de lettres d'amour.
- C'est bien cela, poursuivit Clémentine
- Vous harcèle-t-il, Mademoiselle Montbrun ?
- Non, répondit Marie, sortant pour la première fois de son silence.

- Mais bien sûr que si, il te harcèle ! Tu reçois des messages tous les deux jours.

- Voulez-vous bien laisser parler votre amie, s'énerva le policier. Alors, je vous écoute, le dépôt de plainte pour réception de correspondance amoureuse n'existe pas ! Dites-moi si vous avez une bonne raison d'être là ou si vous préférez que je vous raccompagne vers la sortie.

- Ah mais ce n'est pas possible ! explosa Clémentine. Vous avez devant vous un cadavre en puissance et vous nous fichez dehors. C'est cela la police ! Vous n'avez donc pas compris que Marie est la prochaine victime du tueur en série littéraire.

- Le tueur en série littéraire ?

- Vous ne le connaissez même pas ! Tout le monde en parle. Celui qui a achevé Mathilde après lui avoir écrit des mails sublimes et enflammés.

- Vous les avez lus, ces mails sublimes, poursuivit le policier

- Non, mais j'imagine qu'ils doivent ressembler à ceux-là, poursuivit Clémentine en lui tendant le petit carnet sur lequel Marie avait scrupuleusement recopié tous les messages reçus.

Le policier parcourut les premières pages du carnet et sourit :

- Il écrit pas mal votre amoureux. Je devrais faire des photocopies pour ma copine. Je suis certain que c'est plutôt sympa de recevoir de tels messages.

Le fonctionnaire de police fouilla dans ses affaires personnelles et ignorant Clémentine, tendit à Marie, un quotidien qu'il ouvrit à la page concernant le meurtre. Le journaliste avait retranscrit les messages retrouvés sur l'ordinateur de la victime.

La saisie de l'ordinateur de Mathilde Duversnois a permis de découvrir qu'un mystérieux individu lui adressait régulièrement des messages. En voici des extraits :

« La prem's fois que je t'ai vu, j'me suis dit Wô la meuf, quelle avion de chasse, elle déchire grave.

T'es trop une bombe.

Ouaille, j'sais que j'suis un bouffon mais comment jc te kiffe grave. Depuis que je t'ai maté, j'me tape un bad a chaque résoi. Hier, jt'ai vu. T'étais sapée grave, j'avais envie de te pécho.

C'est un truc de ouf comme t'es une meuf trop kiffante.

Zyva, j'veux pas qu'on te chourave, t'es à moi !

J'ai trop la dalle de toi.

On se capte à Charles de Gaulle demain 21 Heures et tu verras comment je te kiffe »

La dernière phrase correspond au dernier message reçu par Mathilde. Elle a été adressée deux jours avant la macabre découverte ».

- Je préfère mon prétendant, sourit Marie, en tendant la coupure de journaux à Clémentine.

- Bon, je fais quand même une main courante, dans le cas où notre tueur aurait pour marotte de changer de registre littéraire, conclut le policier. Promis, si la prochaine victime reçoit des mots d'amour avec un vocabulaire soutenu, je vous recontacte. Rassurée !

Elles sortirent du bâtiment une demi-heure plus tard avec une copie de la main courante en poche.

- Puisque je viens de te sauver la vie, tu m'invites à manger des pâtes chez toi

- Ok, viens manger. Mais je ne te dois rien.

Le téléphone de Clémentine vibra. Elle venait de recevoir un SMS qu'elle prit le temps de lire. Une expression d'étonnement passa sur son visage.

- Si maintenant, tu me dois quelque chose. Cela t'intéresse toujours, la traduction de l'email de ton expéditeur mystérieux?
- C'est la réponse de Novak. Oui, bien sûr, dis-moi vite.

Pour toute réponse, Clémentine lui tendit son portable. Marie saisit nerveusement l'appareil et lut les quelques mots du message « брижан отац = père aimant »

Juliette

J'ai sursauté lorsque tu es rentré dans le café. Comme si je ne t'attendais pas, après toutes ces années.

Je n'ai pourtant pas l'impression de manquer de courage. De vivre sans toi m'en a donné, après avoir eu peur, très peur.

J'ai eu le trac d'avoir à vivre seule, sans soutien dans les moments difficiles, sans partage. J'ai eu l'inquiétude d'exister dans l'indifférence générale et de mourir de même, sans perturber davantage. J'ai eu la pétoche du néant et surtout la terreur de découvrir l'absurdité de ma vie. Je cherchais le sens de mon existence, ce que Camus appelle le «désir éperdu de clarté dont l'appel résonne au plus profond de l'homme». Le sens de ma vie, ce devait être toi, tu devais en être l'éclat. Et tu es absent.

Alors, j'ai combattu, par entêtement à vivre. J'ai appris à affronter ces frayeurs et à exister avec la conscience de l'absurde, en répétant quotidiennement et inutilement des actes pour meubler mon histoire. Mais, je cherche, encore aujourd'hui, ce petit quelque chose, qui restera insignifiant pour tous, sauf pour moi, et qui me permettra de savoir que ma vie a une signification.

ELLE ET LUI

Marie avait appelé une amie parisienne qui avait accepté de l'héberger pour le week-end. Pour le transport, elle avait trouvé des billets de train dans sa boîte aux lettres. Aussi se trouvait-elle à 14 Heures 20, place Colette devant la Comédie Française. Les quelques minutes qu'elle venait de passer là, debout, au milieu de cette place, l'avait jetée dans une sorte de brume émotionnelle. Il y avait dans ce magma disparate beaucoup d'espérance, un soupçon d'excitation, un brin de crainte, une touche de fantaisie, une ombre de scepticisme, un nuage de doute et une larme de folie teintée de bonheur.

Elle avait déjà rêvé de sa rencontre avec l'homme de l'ascenseur. Celui-ci avait souhaité que leur première rencontre soit à Paris, ville romantique par excellence. Elle l'apercevait, débouchant sur la droite de la place et elle chavirait déjà, devant son charme et son élégance. Il commençait à pleuvoir. Elle ouvrait son parapluie les forçant à se rapprocher et à se frôler. Ils se réfugiaient au Louvre pour éviter les abats d'eau envoyés par les Dieux. Tous deux attendaient humides, troublés et silencieux devant la caisse du musée prise d'assaut par les nombreux touristes qui se mettaient eux aussi à l'abri dans ce lieu magique. Puis il la guidait dans ce dédale de statues, de visages lumineux, de peintures guerrières, de vierges à l'enfant, de fresques botticelliennes, de fesses de gladiateurs et de celle plus harmonieuse de la Vénus de Milo, de regards de la Joconde et du Scribe accroupi. Il lui frôlait la main pour finalement s'en saisir, l'entraînant devant le radeau de la Méduse devant laquelle, médusée, pétrifiée, elle percevait le Bonheur. Moment fugace et intemporel. Puis face à l'accalmie des Dieux, il l'enlevait pour le jardin du Palais des Tuileries. Ensemble, ils arpentaient les allées s'imprégnant du romantisme du lieu, de son atmosphère et de ses lumières : rayons jaillissants entre les branches, paillettes de lumières clignotantes sur les feuilles humides de rosée, reflet brillant d'un soleil dans les bassins du parc, étincelle de leurs regards partagés, poudroiement d'émotion d'un visage sur lequel il déposait un baiser lumineux.

Sortant de sa rêverie, elle l'aperçut tout à coup débouchant à droite de la place. Elle le reconnut.

-   Bonjour Marie

Elle était saisie et n'arrivait plus ni à parler, ni à bouger, malgré son envie de fuir. Il était grand, sûr de lui.

En l'examinant bien, Marie pouvait cependant déceler une certaine crispation derrière cette façade forte et confiante. Il semblait se forcer à sourire, ce qui soulignait de légères rides autour de sa bouche. Elle regardait ses tempes légèrement grisonnantes. Des lunettes noires encadraient son visage. Peut-être était-il légèrement plus âgé que sur la photo qu'elle avait reçue ?

-      Je suis heureux de te voir.

Marie ne répondit rien. Son père était là, face à elle, après toutes ces années. Lui qui avait été capable de l'abandonner peu après sa naissance mais aussi tous les autres jours de sa vie, l'avait trompée en organisant cette rencontre. Il n'y avait donc pas d'amoureux transi. Les messages et les rendez-vous venaient du seul homme qu'elle haïssait et ne voulait pas voir.

-      Marchons un peu. Le jardin des Tuileries te convient-il ?

Sans espérer de réponse, Thomas se dirigea vers le Louvre qu'il fallait traverser pour atteindre les jardins. Marie mécaniquement lui avait emboîté le pas. Pourquoi ne fuyait-elle pas ? Pourquoi acceptait-elle de suivre cet homme ?

Ils avaient dépassé la Pyramide, avaient laissé derrière eux le palais du Louvre et s'étaient assis sur un banc humide. Son père lui parlait. Il avait visiblement préparé ce qu'il voulait lui dire. Elle le regardait sans chercher à le comprendre et entendait simplement des bribes de phrases. Il y avait bien sûr des demandes de pardon, des regrets et des tentatives d'explication. Marie savait qu'aucune d'elles ne pourrait valablement excuser sa disparition. Elle aurait dû réagir, contester, reprocher, comme elle l'aurait sûrement fait quelques semaines auparavant. Et pourtant, elle écoutait muette. Rester pour entendre des excuses. Sûrement pas ! Elle y était sensible bien sûr mais qu'apportaient-elles vraiment ? C'était facile ces quelques mots pour effacer toutes ces années. Même bien choisis, comment pourraient-ils réparer cette fêlure, cette preuve de désintérêt, d'indifférence et en définitive de non-amour qu'est l'abandon. Non, si elle restait là, assise sur ce banc, c'était à cause de ce que lui avait dit Novak, à cause des mails. C'était évidemment lui qui avait adressé tous ces messages depuis des mois. Elle l'avait bien compris, il n'y avait pas de prétendant transis mais simplement un père qui tentait de renouer un contact avec la fille qu'il avait abandonnée. Et pourtant, les mots qu'elle percevait étaient laborieux, un peu prétentieux, très différents des messages qu'il avait écrit. Il y avait quelque chose de froid et de repoussant dans ses argumentations qui contrastait avec la chaleur et l'intensité des messages. En bruit de fond, elle percevait les phrases que son père lui assénait :

-      Nous étions trop jeunes. Je n'aurai pas été capable de rendre heureuse ta mère. Je ne voulais pas vraiment. Je regrette.

Ce père, qu'elle savait brillant avait visiblement des incompétences. Des mots insensibles et psychopathes flottaient entre les branches des chênes du jardin des Tuileries. Ils passaient là sans contenu, incompétents à vivre ce pourquoi ils existaient. Dans ce lieu de permanence et d'Histoire, le mot regret ne semblait avoir aucune profondeur. Il était juste un terme de l'instant, au mieux un état du présent, une parole incongrue, extirpée d'un homme qui semblait avoir du mal à se détacher de lui-même. Ou était-ce simplement une expression convenue : lorsqu'on abandonne sa fille, on doit le regretter. Pas tout de suite. On a bien le droit de vivre sa jeunesse, de profiter d'une liberté que l'on vole à la vie des autres, les laissant démunis. Mais plus tard avec la maturité, dès que la vieillesse donne le temps de s'ennuyer, alors on peut regretter. On doit regretter. Mentalement, elle se répéta quelques phrases qu'elle connaissait maintenant par cœur :

Petit mot d'un soir, je ne sais pas t'oublier

J'ai la folie de t'espérer

Je ne peux abandonner ce lien qui nous relie.

Ce serait comme jeter un amour dans le vide.

Où étaient passées la matière et la substance des mots ?

Elle avait envie de partir, sans doute un peu de vomir aussi, comme si elle chavirait dans une nausée verbale. Elle leva la tête pour tenter, par le ciel, de se sauver de cet anéantissement intégral et elle croisa pour la première fois le regard de Thomas. Il y avait tant de choses.

Elle ouvrit son ordinateur et se connecta machinalement à sa messagerie. Étonnamment, alors qu'ils s'étaient vus aujourd'hui, un message était là, présent :

Partir, S'éloigner, Lâcher, Eluder, Abandonner,

S'échapper, S'envoler, Fuir, Disparaître, S'estomper, se

dissoudre, S'effacer, Fondre, Pleurer...

Marie avait toujours grandi sans ce père ; elle avait donc appris très facilement à vivre avec cette absence. Les plus grandes difficultés provenaient le plus souvent des autres : Adresse du père ? Que fait ton père ? Où est ton père ? Pour toutes ces questions pratiques, la présence d'un beau-père lui avait rapidement facilité la vie. Bien sûr, elle n'avait jamais compris qu'un homme soit capable d'abandonner sa mère qu'elle admirait profondément. Pendant longtemps, cela avait été la principale raison de sa rancœur persistante. Mais la complexité de l'intimité d'un couple lui était apparue récemment, à la suite d'une première rupture amoureuse. Elle avait compris qu'il était possible d'aimer une personne sans pouvoir vivre avec elle. Pour le reste, elle ne s'était jamais posé beaucoup de questions. Tout du moins, s'était-elle efforcée de les enfouir en elle toutes ces années et de réfréner tout désir de s'approprier son histoire et ses origines. Mais aujourd'hui, elle sentait ces interrogations surgir de ses entrailles, s'extirper douloureusement de cet oubli confortable : Quelle était la raison véritable de son départ ? Au-delà de sa mère, pourquoi l'avoir abandonnée, elle ? Comment avait-il vécu son absence pendant toutes ces années ? Avait-il profondément envie de la retrouver ?

Elle ne pouvait répondre à ces interrogations mais elle ressentait qu'il était là, derrière, englouti par le temps, la routine et ses envies carriéristes. Elle percevait cette sorte de familiarité que l'on ressent parfois avec un inconnu, comme une connaissance ignorée de l'autre, comme une reconnaissance obligée d'autrui devant une intimité improbable. Elle savait maintenant ce que sa colère lui avait initialement caché : derrière l'apparente sérénité de sa vie, il y avait une fêlure insoupçonnée, Lui. Elle se demanda si cet homme avait un peu d'elle. Marie avait bien conscience d'inverser cette interrogation afin d'éviter une question plus troublante. Que lui avait transmis cet homme qui était une partie d'elle-même ? Qu'avait-elle de commun avec ce père dont elle ne cernait à ce stade que les défauts ? Existait-il un lien qui les reliait malgré elle ? Pouvait-elle découvrir à travers lui des explications sur sa propre vie ? Elle n'en savait rien, bien sûr, mais il y avait ces messages troublants et ce regard intense derrière lequel elle avait cru discerner son fol espoir de la retrouver, elle, sa fille. Elle avait baissé les yeux et les avait relevés quelques instants plus tard, comme cela, pour voir. Il y avait eu ce trouble partagé, entretenu par le silence. Il avait arrêté de parler et la regardait. Alors, lorsqu'il lui avait proposé de la revoir le lendemain, elle avait accepté.

Juliette

Je suis l'abandonnée, laissée là sur le chemin d'une vie que je croyais un peu la mienne, désertée de nous et de moi-même, impuissante, taraudée par une question qui s'incruste à jamais. Pourquoi ?

Thomas

Pourquoi ai-je abandonné ?

C'est bien là une question que j'ai toujours évitée, fuie, parce qu'il n'y a aucune réponse facile, aucune évidence, parce que c'est une interrogation qui reste en moi. Pourquoi abandonner ? Pourquoi partir ? Pourquoi te faire disparaître de ma vie ? Pourquoi toi, comme ma fille, avez-vous disparu de ma vie ?

Cette question mérite sans doute une véritable introspection. Mais je veux tenter de te répondre par des bribes de réflexion qui t'aideront, je l'espère, à mieux comprendre. Je crois qu'il y a surtout de l'égoïsme dans l'abandon qui permet de revenir au je, en oubliant le nous, de renoncer aux envies obligatoirement partagées pour aspirer aux plaisirs solitaires moins contraignants. Et il y a, lors de l'abandon, du désintérêt de l'autre évidemment.

Il y a de la peur aussi, celle d'être enfermée dans une vie que l'on ne reconnaitrait pas, que l'on n'aurait pas choisie et qui finalement ne serait pas véritablement la sienne, celle de s'apercevoir que l'on pourrait subir sans ne plus rien choisir pour finalement abandonner toute liberté.

Il y a la volonté d'un renouveau dans ce délaissement, dans cette démission, comme s'il était possible d'écrire une nouvelle vie sur une page blanche après avoir abandonné le brouillon d'un passé toujours imparfait.

Il y a cette volonté d'être, unique et sans l'autre, pour être certain que la reconnaissance et l'admiration d'autrui vous sont bien destinées.

Il y a aussi de la défaite. Celle de ne pas être capable d'aimer l'autre autant que soi-même, de ne pas pouvoir dépasser ses petites aspirations, fussent-elles grandes. Je crois que l'on abandonne ce qui est au-delà de ses propres limites, ce qui constitue finalement une preuve de petitesse.

Il y aussi du renoncement dans ce choix qu'est le refus de partager la vie d'un autre. Bien sûr, ce délaissement peut s'avérer positif quand il permet une nouvelle rencontre devenue possible par l'abandon. Mais il y a la plupart du temps paradoxalement, une sorte de renoncement à soi-même. Car on s'extirpe en quelque sorte une personne qui vit en nous, s'amputant finalement soi-même en abandonnant l'autre. Mais de cela on ne s'en aperçoit que plus tard, dans le silence des moments de souffrance ou dans ce temps de réflexion offert par la vieillesse. Alors on voit que l'on s'est perdu un peu, que la liberté acquise n'était que paillette, que le courage d'un abandon n'était sans doute que de la lâcheté, que la reconnaissance reçue n'était bien souvent offerte que par des inconnus et que l'on a fait disparaître au fil de la vie les personnes qui comptaient le plus pour nous.

Mais tu le sais bien, nous en avons tant parlé, les sentiments que l'on croit perdus sont bien là, camouflés et douloureux, comme une balafre de guerre que l'on essaie d'oublier après avoir capitulé.

Juliette

Oui, je sais, ta fille est ta blessure, ta douleur et ta meurtrissure. Mais moi, je ne suis rien.

❖

Dix-sept heures. Il était là sur la place Colette et l'attendait. Marie avait passé une partie de la nuit à se demander pourquoi elle avait accepté de le revoir. Bien sûr, il y avait eu ce regard qui avait confisqué un peu de la colère intime qu'elle avait en elle. A force d'insomnie, elle en avait conclu qu'elle voulait voir, savoir, connaître. Elle n'avait pas d'autre attente véritable.

- Bonjour Marie,
- Bonjour Thomas,

Marie ne pouvait appeler son père, autrement que par son prénom.

- Aujourd'hui, conduis-moi dans un lieu que tu aimes, poursuivit-il.

Il avait prononcé ces quelques mots un peu trop rapidement, comme s'il les répétait en lui depuis plusieurs heures. Marie réfléchit quelques minutes et le guida vers les bouquinistes des quais de Seine. Ils traversèrent la rue Saint Honoré, tournèrent dans la rue de l'amiral de Coligny et remontèrent les quais de Gesvres et de l'Hôtel de ville. Elle aimait l'ambiance nonchalante et détendue de cet endroit qui mêlait parisiens en balade et touristes. Elle admirait la patience des libraires qui attendaient, sur leur chaise pliante avec vue sur l'église Notre Dame, que le badaud se laisse tenter par une publication quelconque, un livre d'art ou une affiche ancienne. Il y avait là un air de vacances qui engloutissait tout, travail, soucis, questionnements pour ne laisser survivre qu'une sage sérénité.

Tous deux feuilletaient des livres d'art, des romans anciens enveloppés dans du papier transparent, fouillaient dans les bacs noirs pour dénicher l'ouvrage recherché depuis plusieurs années ou tout simplement le bouquin qui correspondait à l'envie ou aux sentiments de l'instant. Il acheta un livre dont Marie ne put voir le titre et le rangea dans la sacoche qu'il portait en bandoulière. Ils poursuivirent leur balade en remontant le quai Montebello, puis celui des Augustins, en privilégiant les regards aux paroles pour éviter toute rupture. Ils respectaient la fragilité de l'instant.

- On s'arrête un peu

La Seine scintillait d'ondes blondes comme un miroir ostentatoire. Ils s'assirent sur les quais, les jambes pendantes, laissant leurs regards se noyer dans cette étendue suspendue, ce flot parfois volage, cette coulée limpide d'une vague larme parme. Il y avait tout dans cette eau : l'obscur, l'insaisissable, la disparition, le temps, l'attente, le remous, l'espoir, la lumière et le trouble naissant. Ils ne parlaient pas. C'était inutile. Il n'y avait d'ailleurs rien à dire. Rien n'était justifiable. Il n'y avait entre eux que ce silence illuminé par cette lumière de fin de journée qui plongeait dans la Seine en engloutissant les bruits, les craintes, les rancœurs et les arbres qui se reflétaient dans les eaux. Il n'y avait que ce silence un peu musical qui transfigurait les soupirs en respiration, ne laissant vivre que le bruissement de quelques bateaux qui échappait à ce liquide goulu. Ils se savaient mutuellement heureux de partager cet instant, au-delà de tout fondement, comme une sorte de compréhension intime qui apaisait peu à peu les esprits.

- Cette fois, c'est à toi de me suivre, avait-il murmuré, gêné de bousculer ce calme.

Ils s'étaient relevés et s'étaient dirigés vers le quartier de Saint Germain des Prés par la rue de Seine puis ils avaient remonté la rue de Tournon vers le jardin du Luxembourg. Ils marchaient côte à côte, échangeant quelques mots mesurés pour ne rien briser.

Il entra dans un parc, parcourut en habitué un trajet connu par lui seul, tournant après le deuxième arbre sur la droite, dépassant sans un regard une magnifique roseraie, tournant à gauche après le bosquet. Devant son pas décidé, Marie commençait à avoir une légère appréhension. Où Thomas l'amenait-il ? Elle n'avait pas fini de s'interroger lorsqu'il s'arrêta brusquement.

- On s'assoit ?
- C'est toi qui décides, répondit Marie.

Le banc était un peu à l'écart, à l'ombre de chênes centenaires. Derrière eux, un peu au loin, un groupe d'enfants bruyants faisait du roller.

- Tu aimes cet endroit ? lui demanda-t-elle
- Pas vraiment, il n'a rien de particulier
- Alors pourquoi sommes-nous là ?

Il ne répondit pas, laissant à nouveau le silence s'abattre sur eux. Là-bas, un des enfants tomba s'écorchant légèrement la main, créant un peu d'agitation autour de lui. Pour tromper le silence qui, pour la première fois de l'après-midi était devenu pesant, Marie observa le groupe d'enfants et se figea : elle venait de reconnaître l'une des filles de la photo. Alors, elle sentit peser sur elle le regard de ce père : il savait qu'elle venait de comprendre.

Marie observa la jeune fille qui roulait les bras écartés pour se donner de l'allant, pourchassant son amie en riant aux éclats, sans parvenir à la rattraper. Il y avait tellement de vie et de joie dans ce visage qu'il était difficile d'y rester insensible. Son enthousiasme et sa fraîcheur attiraient. Oui, vraiment, elle ressemblait bien aux chérubins de son musée.

- C'est ta fille ?

Ce sont mes autres filles, rectifia-t-il ? Il y a Sarah sur les rollers et Garance, la plus petite qui boude sur l'herbe.

C'était la première fois qu'il formulait l'existence d'une filiation. Intelligemment, il évitait de lui rappeler ce lien qu'il savait ne pas pouvoir lui imposer. Mais face à cette question directe, il n'avait pas su ce qui la blesserait le plus : être exclue du lien de parenté ou y être associée contre son gré. Marie encaissa la réponse et observa la deuxième petite fille qui était assise un peu en retrait. Elle était différente de sa sœur, peut-être un peu plus joufflue, un peu moins souriante. Marie la reconnaissait, sans l'avoir jamais vraiment vue. Elle percevait une sorte de parenté incongrue et plus encore d'intimité innée. Ce visage poupin avait une familiarité étonnante : elle reconnut la moue boudeuse qu'elle avait lorsqu'elle était contrariée.

- Si un jour tu as envie de les connaître, je te les présenterai. Je leur ai déjà parlé de toi et elles seraient vraiment heureuses de te rencontrer. Sarah m'a dit qu'elle voulait venir te voir tout de suite. J'ai dû calmer ses ardeurs.

Les yeux de Marie s'étaient légèrement embués, illustrant l'émotion vive qu'elle ressentait. Une sorte d'émoi serein, de bouleversement pacifique, un saisissement dénué de la colère qui la submergeait si souvent. Elle était hypnotisée par la familiarité du visage de Garance, figée dans son être et en même temps attirée par cette fille là bas, assise par terre, qu'elle voulait déjà, mentalement, étreindre avec tendresse.

Elle se leva brusquement pour mettre fin à ce sortilège.

- Je dois y aller, j'ai un rendez-vous. On se revoit quand ?

Elle fut surprise de proposer elle-même un autre rendez-vous.

- Dans deux heures, trois, demain qui me semblera déjà long, la semaine prochaine si tu préfères à Paris ou en Bretagne, un jour qui ressemble à bientôt, sous peu, prochainement. Appelle-moi. Pardonne-moi.

Il était là, assis les jambes ballantes sur le bord des quais de Seine. Thomas était revenu au même endroit, pour revivre ce bonheur improbable, ces instants qu'il n'avait jamais cru devoir mériter. Il essayait de juxtaposer mentalement le visage de la jeune fille et les photos du bébé qu'il avait entraperçu rapidement après sa naissance pendant cette période noire de disputes, grise d'espérance. Il était si difficile de joindre ces images si dissemblables, depuis cette rupture définitive qui l'avait sauvé sur l'instant et perdu si longtemps. Depuis son départ, il avait supprimé l'envie, raturé l'espoir, biffé le désir, estompé le souvenir. Voilà ce qu'il l'avait fait toutes ces années. Thomas savait qu'il venait de vivre un bonheur inimaginable de simplicité et d'intensité : il l'avait retrouvée et elle l'avait reconnu.

Essentiel

Juliette

Revenons à notre portrait chinois. Dis-moi encore, quelle énergie es-tu ? Qui es-tu vraiment ?

Thomas

Pourquoi cherches-tu à me cerner alors que moi-même je m'ignore encore. Ne restons-nous pas à jamais un mystère pour nous-mêmes ? Alors que puis-je t'apprendre sur moi, sans te tromper ? Essayons tout de même ! Je crois que je suis l'énergie lumineuse. Sans doute, cette flamme ostentatoire qui offre aux autres une ombre de moi-même. Guidé par l'éblouissement, je me perds aussi dans ce visible. Je suis flamboyant, brillant de mon savoir. Je rayonne, je séduis et cache l'obscur au fond de moi. Je suis la flamme qui brille mais qui ne transmets qu'un halo, qu'un pâle reflet d'elle-même, me protégeant ainsi malgré moi d'un dévoilement impudique. Et toi ?

Juliette

J'ai été la flammèche qui couve, persiste et finalement s'embrase en un feu intense, dévorant, envoûtant qui m'a consumée plus que tous les autres. Dans cette intensité, je n'ai atteint personne d'autre que moi-même. Cette auto-combustion m'a presque achevée me ramenant à nouveau à l'état de flammèche. Alors, j'ai voulu être autre, être une simple lueur vacillante, celle qui proviendrait de la bougie d'une jeune femme, concentrée pour maintenir sa flamme en vie. J'ai voulu devenir une petite lueur pour ta fille. Echappant miraculeusement à ses soupirs, j'ai réussi à pénétrer son regard, à réchauffer son corps et son âme et à l'éclairer un peu, doucement pour lui montrer l'évidence.

Thomas
J'ai moi aussi une étincelle qui éclaire la vie cachée au fond de moi.

Juliette
Préserve là, elle saura te montrer l'Essentiel. Elle est si proche de la vérité qui est en toi.

On chuchotait légèrement, dans cette pénombre inquiétante qui laissait planer une ambiance contractée. L'obscurité créait cette symbiose de frayeur maîtrisée et d'intimité. On était serré mais l'effleurement des corps rassurait un peu. On se connaissait, c'était évident car de temps en temps, dans ce lieu ténébreux, un rire sonnait comme une imposture.

De la pièce d'à côté, Marie n'entrevoyait que quelques visages qui, happés par un clair-obscur, gardaient tout leur mystère. Il y avait sa mère, sûrement, ainsi que quelques amis qui lui avaient confirmé leur venue, et peut-être des artistes, des relations professionnelles, des voisins à qui elle avait envoyé une invitation.

Vingt heures. Cette légère attente avait fait naître l'impatience et l'envie. Marie ouvrit la porte les laissant tous pénétrer dans son antre. Le groupe initialement compact s'effilocha peu à peu pour accéder au large couloir de pierres éclairé par quelques torches. Les flambeaux léchaient l'ombre des chevelures de ces individus qui s'aventuraient peu à peu dans la cavité. La faible lueur laissait apparaître de nombreux spectres à têtes de gargouilles qui semblaient posséder les lieux et dominer les vivants. Il y avait des têtes humaines effrayantes et des animaux fantastiques aux cornes destructrices qui surgissaient du mur. Derrière soi, on percevait un léger sifflement, semblable aux hurlements du vent qui s'engouffrait dans ces chimères. Les fantômes surplombants étaient les gardiens de prisonniers qui se livraient volontairement à l'obscur. Alors, facilité par la pénombre, il s'instaurait une sorte de respect évident entre ces têtes de pierre et de chair. Les regards étaient différents : d'abord fuyants, puis appuyés, interrogateurs pour finalement devenir complices. Le léger malaise initial s'envolait peu à peu et les gargouilles, appropriées, de grimaçantes devenaient ironiques. Ces geôliers minéraux prisonniers de leur état éternel, se transformaient peu à peu en sages, amusés par la fragilité de ces hommes qui s'imaginaient invincibles. Entre les vivants et les gargouilles s'instaurait alors une sorte d'humilité partagée.

Marie ne parlait pas, ne commentait rien. Elle laissait ses amis s'imprégner de cette ambiance fantasque. C'était bien ce qu'elle avait souhaité : sortir de ces salles aseptisées où les œuvres déplacées de leur contexte originel n'arrivent jamais à exister, où rassemblées par thème et positionnées sous le néon qui tue l'émotion à naître, elles ne peuvent survivre qu'avec les explications conceptuelles du conservateur de musée. Ici, chez elle, l'œuvre créait le frisson, l'étonnement et la complicité. Elle suivit son chemin, laissant les gargouilles à leur immobilité, afin de faire découvrir à ses amis l'inconnu et le surnaturel.

La pièce suivante piquetée d'herbes ressemblait à une brousse bretonne, à un lieu clandestin empreint de mystères. Dans un coin, une chapelle bretonne semi-détruite semblait à l'abandon. Elle n'était constituée que de quelques pans de murs, formés par des pierres blanches. L'absence de toit semblait vouloir lier directement ce lieu spirituel au ciel. La lumière douce, projetée du sol, mettait en valeur les bas reliefs qui avaient été intégrés à cette reconstitution. Sainte Barbe et Sainte Anne gardaient le mystère de ce sanctuaire. Une brume entourait les visiteurs, les laissant isolés dans leur rencontre avec ces êtres. Cette atmosphère mystique les cachait aussi du regard de Marie. Cette dernière ne percevait que des murmures et des mots qui s'échappaient d'un brouhaha confus. Elle entrevoyait de temps en temps un visage surnageant au-dessus de la vapeur d'eau. Cette foule brumeuse s'était éparpillée dans la pièce. Elle disparaissait du réel vers l'irréel, dans cette perception inverse que l'on peut ressentir lorsque l'on s'extirpe d'un rêve délicieux.

De l'autre côté de cette brousse bretonne, Saint Guénolé créait le lien entre le spirituel et le charnel. Celui qui avait toujours accueilli les femmes infertiles veillait sur une famille dispersée, éparse. Il y avait cette femme charnelle, échevelée dont la sensualité semblait l'avoir un peu éloignée de sa famille. Ce frère et cette sœur, fruits de cette femme semblaient attendre, un peu isolés, de l'attention et de l'amour tout en essayant par un regard tendre et complice de se suffire à eux-mêmes. Un peu en retrait, l'homme tenait tendrement un bébé, sa fille sans aucun doute, contre son torse.

Marie cherchait du regard ceux qui, par leur présence, lui témoignaient l'affection dont elle avait tant besoin, ceux pour qui elle avait tant travaillé. Elle entendait quelques remarques enthousiastes et des bribes de conversation :

- Superbe ! Je savais bien que ce serait magique.

Elle sourit en reconnaissant la voix de Clémentine qui restait égale à elle-même.

- Elle a su recréer un lieu unique

- La mise en scène des œuvres est très belle. On a l'impression qu'elle veut leur redonner vie.

- C'est beau, mais c'est peut-être un peu impressionnant pour les enfants

- Mais non, tu n'y connais rien. Ils adorent avoir peur.

- D'accord, mais certaines gargouilles sont horribles. Je n'emmènerai pas mon petit-fils, il est trop jeune !

- Te souviens-tu de cette église bretonne ouverte aux quatre vents avec le soleil qui tient lieu de charpente et l'herbe folle qui inonde la nef ?
- Oui, l'abbaye de Landévennec, on s'y croirait !

- Cette femme, quelle beauté, quelle sensualité !
- Quelles fesses ! s'exclama Clémentine
- Avez-vous les mêmes ? interrogea un inconnu

C'était une voix masculine, chaude et profondément troublante avec une intonation de basse qui résonnait au ventre, chavirait les entrailles et un timbre de voix qui enveloppait et rassurait. Marie fouilla la pénombre pour tenter d'identifier son propriétaire. En vain.

- Presque ! Elles sont simplement un peu plus délicates et un peu moins fermes, vous voulez voir ?
- Je m'en garderai bien. Je préfère celles qui savent rester mystérieuses
- Goujat ! conclut Clémentine en éclatant de rire.

Juste à côté d'elle, Marie reconnut Anna. Elle était venue avec son conjoint.

- As-tu vu comment le musée s'est transformé ? Nous avons recréé des ambiances différentes.
- Ouais, c'est pas mal
- Pas mal, pas mal, tu n'imagines pas le travail. Cela fait des jours qu'on bosse dessus.
- Oui, c'est bien ce que je te dis, c'est pas mal.
- Tu as vu, ce groupe de statues là bas. Elles sont pourtant très différentes et en les rapprochant, on a presque recréé une famille. Je crois que c'est ce que souhaitait Marie. On a passé des heures à déplacer ces œuvres. C'est pour cela que j'ai mal au dos. C'est chouette ! Cela rend bien, tu ne trouves pas ?
- Si, si
- Elle voulait créer une perception ambivalente, comme si pouvaient cohabiter tout à la fois dans une famille la proximité et la distance, tu vois ?
- Ah oui, tout à fait, c'est ce que je ressens lorsque je vais chez ta mère !
- Tu trouves qu'elle habite un peu loin ?
- Mais non, cherche pas !

Machinalement Marie regarda les statues décrites par Anna et elle l'aperçut. Il était là, figé devant la beauté de cette statue de père, émouvante et tendre. Il fixait l'œuvre comme s'il voulait l'absorber, comme s'il devait en attendre quelque chose. Il y avait une sorte d'éternité statufiée dans cette scène. Le temps n'avait plus d'intérêt. Son père et la statue étaient là, tous deux faisant presque corps. Intemporels. Marie avait elle-même du mal à respirer, hypnotisée par cette image. Quelques minutes s'égrainèrent puis il s'extirpa finalement de cette fixité et frôla de sa main son visage. Marie se demanda s'il pleurait mais de là où elle se trouvait, elle ne pouvait en être sûre. Il lui sembla tout à coup fragile, endolori et plein d'humanité.

-       Bonjour, ma fille, c'est superbe. La mise en scène des statues, ces flammes qui éclairent les gargouilles et cette chapelle reconstituée ! Que d'émotions devant ces œuvres ! Et que de souvenirs ! Tu as su recréer des ambiances qui permettent de retrouver l'esprit de la Bretagne.

-       Merci maman, je suis contente que cela te plaise et très heureuse que tu aies pu être là ce soir. Tu n'as pas mis trop de temps pour venir ?

- Non, quatre heures comme d'habitude et j'ai récupéré les clés chez ta gardienne, comme prévu. Ton appartement est très agréable.
- C'est vrai, je m'y sens bien
- Bon, on discutera plus tard. J'imagine qu'il faut que tu joues à la mondaine, sourit sa mère.
- Oui sûrement, mais avant, je vais te présenter au précédent conservateur de musée. Il a eu la gentillesse de venir et tu verras, c'est un homme passionnant.

Sachant sa mère en bonne compagnie, Marie recommença à scruter tous les visages pour l'apercevoir à nouveau. Elle voulait le retrouver pour lui dire qu'elle était heureuse qu'il soit venu, que sa présence ce soir était importante pour elle. Mais il semblait avoir disparu. Elle traversa toutes les pièces pour s'en assurer et puis se résolut à jouer son rôle d'hôtesse, acceptant les compliments qui pleuvaient, prenant des nouvelles des uns et des autres, vérifiant qu'aucun de ses amis ne restât isolé.

Quelques personnes s'étaient échappées juste après la visite. Son père avait dû partir en même temps qu'elles. Les autres étaient encore là. Elle leur proposa de se diriger vers le buffet qui était préparé dans un coin du hall d'entrée. Aidée d'Anna et de quelques amis à la fois proches et serviables, elle servit à tous une coupe de champagne et proposa des petits fours : canelés, éclairs, choux. Marie était heureuse, l'exposition était appréciée. Sa mère était présente ainsi que la plupart de ses amis. Son père aussi était venu. Elle regrettait simplement qu'il ne soit reparti sans un mot.

- Bonjour Novak

- Bonjour Marie. C'était très beau. Tu as finalement trouvé le titre de ton exposition. J'aime bien « Présence Essentielle ».

- Malgré votre aide, j'ai eu beaucoup de difficultés à en trouver un qui me plaisait.

- Bof, je ne le trouve pas terrible, rétorqua Clémentine qui avait rejoint Novak. On ne voit même pas à quoi il fait référence. Le titre n'est même pas au pluriel. Comme si c'était le visiteur qui était essentiel !

Marie sourit doucement.

- Je préférais Saintes gargouilles, poursuivit-elle.

La soirée s'effilochait, les visiteurs s'effaçaient peu à peu, happés par la nuit et le temps. Les petits fours eux aussi s'étaient évaporés. Seuls restaient les maîtres des lieux, statues et gargouilles ainsi que quelques amis qui aidaient à ranger les tables. La mère de Marie était partie un peu plus tôt pour se reposer dans l'appartement de sa fille, laissant les plus jeunes discuter entre eux. Tout en poursuivant leur conversation de fin de soirée, ils jetèrent les verres en plastique et les nappes, rangèrent les tables et Novak donna un coup de balai dans le hall. On se promit de se retrouver très vite pour boire les bouteilles restantes. Marie attrapa le livre d'or qu'elle avait laissé dans l'entrée. Elle ne put s'empêcher d'y jeter un œil avant de le ranger. Elle feuilleta rapidement les pages en survolant les messages affectueux qui s'y trouvaient et finit par apercevoir ce qu'elle espérait.

Juste un mot de lui, un mot manuscrit :

«Ton exposition est belle et émouvante, elle te ressemble.

On y retrouve le primordial, l'intime et le mystère qui m'insufflent une seule phrase : tu es ma présence essentielle » T.

Marie sourit. Elle lui savait gré d'avoir signé d'une simple initiale. Il y avait presque tout dans ce message. Comme d'habitude. Comme s'il recherchait une plénitude scripturale en quelques mots. Elle rangea le livre dans le tiroir de son bureau, embrassa sur le pas de la porte les dernières personnes présentes et ferma le musée.

Pensive, elle remonta les quelques rues qui la séparaient de chez elle. La nuit lui faisait du bien. Le silence aussi. Elle ouvrit la porte du hall d'entrée et se dirigea machinalement vers l'escalier. Une voix la fit sursauter.

- Voulez-vous que j'appelle l'ascenseur ? Vous ne pouvez me faire l'affront de monter par l'escalier. Cela fait une heure que je vous attends dans ce hall froid pour avoir le plaisir d'entrer dans cette cabine avec vous. J'ai d'ailleurs joué le rôle de portier pour votre mère.

Elle reconnut la voix chaude et envoûtante qu'elle n'avait pas identifiée tout à l'heure, au musée. Elle appartenait à son élégant voisin.

- Dans ce cas, je suis obligée d'accepter.

Elle entra dans l'ascenseur, le frôlant légèrement. Et ce soir, parce qu'elle se sentait capable de tout vaincre et de tout vivre, elle le regarda effrontément dans les yeux pour lui offrir son consentement. Alors il l'a prit dans ses bras et l'embrassa délicatement.

A l'orée de leur palier commun, ils savaient qu'ils venaient de vivre un commencement. Marie le regarda s'éloigner, lui envoya un baiser et entra dans son appartement.

Décidemment, c'était une très bonne journée.

❖

Les années s'ajoutaient. Le temps passait et Juliette avait décidé d'être heureuse. Elle venait de comprendre que le bonheur ne s'attendait pas. Il ne se trouvait pas non plus. L'énergie qu'elle avait consacrée ces dernières années à attendre Thomas n'avait mené à rien sinon à une frustration grandissante. Sans doute le bonheur se décidait-il ? Peut-être se vivait-il tout simplement ?

Ce n'était pas une femme foncièrement positive mais les années lui avaient apporté simultanément les rides d'expression qui marquaient son visage et un début de sagesse, celle même qu'elle avait refusée si longtemps pour que sa vie soit sentiments. Mais c'était fini. Elle voulait définitivement enfouir toutes ses perceptions passées - carence d'émotion, dèche d'espoir, déficit d'amour, vide de lui – pour vivre du bonheur.

Elle réapprenait peu à peu à apprécier la vie : le souffle du vent qui chuchote à l'oreille, déshabille les arbres, ébouriffe les esprits, murmure des espiègleries et décoiffe les pensées ; la brusquerie d'une vague qui s'écrase sur un rocher en l'engloutissant tout entier et la caresse avec laquelle elle se retire ; le bruit sourd de la pluie qui frappe le toit appelant à sortir du refuge et la fraîcheur de l'averse qui pénètre alors en soi, dévoilant le chemin qui lave et qui apure ; le regard d'un homme qui, comme le vent, déshabille et ébouriffe ; le sourire d'un enfant qui illustre l'avenir et peint l'espérance, la main d'une petite fille qui cherche la sienne et puis l'odeur d'un café chaud et d'une tartine grillée, le bien-être d'un après-midi de lecture, le plaisir d'une journée shopping, la satisfaction d'apprendre toujours, la joie d'une rencontre imprévue, le bonheur de retrouver ses parents, ses sœurs. La vie, tout simplement. Alors, ce matin, allongée dans la largeur de son lit, elle ressentait la chaleur des rayons qui se frayaient un chemin entre les lames des stores en bois pour lui caresser la joue. La journée était ensoleillée, une chance !

Journal intime

(8 ans plus tard)

Après le départ de ses invités, Marie finit de débarrasser la table. Avec Clémentine et Novak, le déjeuner avait été animé. Depuis qu'ils s'étaient mariés il y a cinq ans, ils constituaient un de ces couples improbables dont les désaccords sont le ciment. L'impétuosité de Clémentine avait fini par vaincre la placidité de son mari qui était contraint à la réaction et au combat. Et pourtant, il émanait d'eux une véritable complicité.

Marie repensa un instant aux quelques années qui venaient de s'écouler. Elle avait conscience d'avoir vécu une période très heureuse. Depuis deux ans, elle était revenue à Paris pour retrouver Thibault, son voisin. Ils avaient décidé de ne pas vivre dans le même appartement pour se quitter souvent et se retrouver toujours, s'assurant ainsi mutuellement que tout instant partagé était librement consenti et ne découlait pas d'une cohabitation imposée. Ce fonctionnement lui convenait à merveille la plupart du temps. Pour lui, elle avait décidé de revenir à Paris. Elle avait donc quitté son petit musée breton afin de se consacrer à une petite galerie d'art moderne. Celle-ci se situait dans le quartier de Saint Germain des Prés où se côtoyaient l'esprit bohême des artistes peintres, des écrivains ou des sculpteurs, l'aisance et la facilité des parisiens riches et branchés et l'âme vacancière de touristes omniprésents et toujours un peu égarés. Oui, vraiment, elle appréciait ce lieu. Son père venait l'y retrouver. Il aimait venir la voir dans sa galerie. A force de temps, ils s'étaient découvert des passions communes et des envies d'être ensemble, partageant le simple bonheur de la présence de l'autre. De temps en temps, il installait une chaise dans un coin de la pièce et se posait là, silencieux, dévorant, juste à côté d'elle, un livre acheté l'après-midi même. Certains jours, il venait la chercher pour déjeuner, la traînait dans une brasserie du quartier et l'inondait de paroles, de thèse, d'antithèse sur des sujets éclectiques. Elle souriait devant cette passion et cette volonté de conviction.

Perdue dans ses pensées, elle finit par achever le rangement de sa maison qui l'ennuyait tant. Elle pensa à nouveau à Thibault et eut envie, à cet instant de se blottir dans ses bras pour s'abandonner à lui. Mais ce week-end, il n'était pas sur Paris et elle ne pouvait donc le rejoindre, en traversant en courant les quelques rues qui séparaient leurs appartements. Elle constata qu'elle n'était pas allée chercher son courrier depuis plusieurs jours. Elle descendit vérifier par obligation. Elle n'en attendait rien. Il y avait bien longtemps qu'elle ne recevait plus de cartes postales ou de mails mystérieux. D'ailleurs, tout était résolu.

Elle se demanda pourquoi elle n'avait jamais parlé avec son père de ces magnifiques messages qu'il avait su lui envoyer et qui était à l'origine de leurs retrouvailles.Cela avait été inutile. Cela aurait été presque surabondant ; il y avait tant d'évidence dans leur relation. Sans doute avaient-ils préféré recouvrir ces messages qui constituaient l'aube de leur rencontre, d'un voile secret, comme pour renforcer leur complicité nouvelle. Elle savait que sans eux, elle n'aurait jamais accepté de le revoir. Elle descendit quatre à quatre les marches de l'escalier pour aboutir dans le hall de l'immeuble qui arborait un style haussmannien ostentatoire. Les boites aux lettres neuves détonnaient un peu avec cette entrée en pierres de taille ornée de corniches et moulures. Marie, sans utiliser de clé, glissa sa fine main dans l'interstice de la boite aux lettres et attrapa une seule enveloppe. Il ne s'agissait sûrement pas d'une de ses lettres administratives, factures ou publicités. Cela semblait être une lettre personnelle comme il n'en existait plus depuis l'avènement du mail et du SMS. Elle décacheta rapidement l'enveloppe et lut les quelques mots qui figuraient sur la carte :

Paris – Place Colette – Samedi prochain 20 H

Place Colette, encore ! Ce n'était ni l'écriture de son père, ni celle de Thibault.

❖

A nouveau, place Colette devant la Comédie Française, Marie attendait. Elle regardait ici et là, espérant identifier un visage connu.

- Bonjour !

Elle se retourna vivement. L'homme qui se tenait devant elle avait à peu près son âge. Il était grand et mince, très blond avec un regard profond.

- Ne cherchez pas ! Vous ne me connaissez pas et pourtant, je suis très heureux de vous rencontrer. Je m'appelle Alexandre et vous Marie, n'est ce pas ?

Il lui tendit la main avec un sourire engageant qui essayait de camoufler une attitude réservée.

- Oui, Marie, répondit-elle simplement

- Je voulais vous rencontrer. Offrez-moi un peu de votre temps et je vous expliquerai. Me permettez-vous de vous inviter à diner ? J'ai réservé une table en terrasse au café Marly.
- Pourquoi vous suivrai-je alors que je ne vous connais pas ? Donnez-moi une seule bonne raison ?
- Vous êtes curieuse ! C'est, à mon avis, suffisant. Et puis, vous ne risquez rien puisque nous allons dans un lieu public. Au pire, perdrez-vous un peu de temps, mais vous gagnez un dîner !

Elle reconnut intérieurement qu'elle voulait savoir pourquoi elle était là. Elle répondit laconiquement :

- D'accord, je vous suis
- Permettez-moi d'abord de vous inviter à revoir le tableau de la Joconde, puis nous irons dîner.

Ils traversèrent la place et se dirigèrent vers le hall de la Pyramide. Il prit les billets pour accéder aux salles de la peinture italienne et la précéda dans les enfilades de pièces qui menaient vers l'œuvre. Il y avait peu de monde dans la salle et ils purent facilement accéder au tableau pour l'observer. En silence. Ensemble.

Marie qui n'aimait pas particulièrement l'œuvre ressentit immédiatement, en croisant le regard de cette femme belle et mystérieuse, un trouble indéfinissable, comme si elle avait déjà vécu l'instant, comme si une image passée se renouvelait, laissant planer une sorte de nostalgie amoureuse. Elle ferma les yeux pour retrouver le présent et se tourna vers Alexandre. Il la regardait. Ils se dirigèrent vers la sortie. Elle freina un instant devant une fresque de Botticelli.

Ils sortirent du musée, longèrent la pyramide et montèrent les quelques marches qui permettaient d'accéder à la terrasse du café. Avec élégance, il lui laissa le fauteuil qui faisait face à la cour Napoléon. Marie s'assit sous le regard bienveillant de Voltaire. Elle refusa de prendre un quelconque apéritif et se plongea dans la carte.

- Que désirez-vous manger, lui demanda-t-il ?
- J'hésite encore un peu. Et pourquoi pas, des noisettes d'agneau rôties !
- Avec un verre de Bordeaux ? lui proposa-t-il en souriant
- Bonne idée !
- Alors je prendrai la même chose

- Maintenant que nous sommes là, assis dans cet endroit qui, je le reconnais est superbe, pouvez-vous me dire ce que je fais là ?
- Je voulais vous parler d'une femme que vous ne connaissez pas et qui pourtant a joué un rôle important dans votre vie.
- De qui voulez-vous parler ?
- De ma mère !
- Et qu'a-t-elle fait pour moi, votre maman ? demanda-t-elle ironiquement
- Ma mère s'appelle Juliette. Votre père ne vous a-t-il jamais parlé d'elle?
- Non, jamais
- Evidemment, c'était prévisible et pourtant, je ne peux m'empêcher d'être déçu.
- Allez-y, racontez-moi !
- Il y a environ vingt ans, poursuivit-il, votre père et ma mère se sont rencontrés au Louvre. Comme nous, ils sont allés admirer la Joconde et puis ils sont venus dîner ici, au même endroit que nous, dans ce lieu superbe. Je ne sais évidemment pas ce qu'ils se sont dits, mais à la suite de cette entrevue, ils se sont retrouvés quelquefois, de manière très espacée.

- Je ne comprends pas, il ne m'en a jamais parlé
- Cela ne m'étonne pas. Moi-même je n'en savais rien jusqu'au mois dernier. Mais ma mère est décédée cet hiver. Avec mon frère, nous avons trié ses affaires, rangé ses papiers, réparti les meubles et objets.
- Je suis vraiment désolée.

Il ne répondit rien.

- J'ai hérité de son ordinateur. Et comme mon propre prénom lui servait de mot de passe, j'ai pu accéder au contenu de ses dossiers.

Il s'arrêta un instant. Marie comprit qu'il était difficile pour lui d'évoquer ces moments douloureux. Elle resta silencieuse.

Il poursuivit :

- Evidemment j'étais mal à l'aise d'accéder ainsi à la vie de ma mère, sans son autorisation. Je me suis demandé pendant plusieurs jours si je devais lire le contenu de ses dossiers, violant ainsi sa propre intimité. L'aurait-elle vraiment voulu ? Je n'aurai jamais la réponse. Et pourtant, je me suis réveillé un matin avec l'assurance qu'elle souhaitait que j'ouvre son ordinateur, comme si elle comprenait le besoin que j'avais de mieux la connaître, de la découvrir peut-être, pour qu'elle soit, à jamais, plus proche de moi. Alors j'ai tapé « Alexandre » et j'ai lu les documents administratifs, les brouillons de lettres qu'elle avait écrits, ses présentations professionnelles et puis j'ai ouvert le dossier intitulé «Thomas». Il comprenait les mails échangés par nos parents.

-   Vous avez lu leur correspondance, l'interrompit Marie, un peu offusquée

-   Oui et je ne le regrette pas. J'y ai découvert une femme qui m'était inconnue, une personne romantique, passionnée et généreuse.

Le serveur déposa les plats sur la table, interrompant un instant leur échange.

-   Et alors, que vous a appris votre lecture ? repris Marie, abandonnant toute idée de remords pour satisfaire sa propre curiosité

-   Ma mère a aimé votre père. Mais l'inverse n'a pas été vrai. Cet amour unilatéral, à sens unique, a pourtant donné lieu à une relation scripturale, endurante et belle, alimentée par ma mère et tolérée par votre père. J'aimerai que vous lisiez cette correspondance. Je crois que c'est important pour vous, et sans doute un peu pour moi.

Il avait déposé une clé USB sur la table.

- Lisez-la. Et si vous souhaitez en discuter avec moi, n'hésitez pas à m'appeler, voici ma carte.
- Vous ne voulez pas m'en dire un peu plus ?
- Non, je préfère que vous en preniez connaissance directement. Mangez ! cela refroidit.

Elle sourit.

- Alors, parlez-moi un peu de vous puisque nous sommes là tous deux, poursuivit-elle ?

Et comme toutes les personnes inconnues qui se rencontrent pour la première fois, ils synthétisèrent leur vie en quelques phrases pour décrire famille, lieu de vie, travail, loisirs et passions.

Marie s'assit confortablement sur le canapé avec son ordinateur portable et connecta la clé USB qui contenait un seul fichier. Elle cliqua dessus. Il reprenait des échanges de mails qui avaient été visiblement classés avec soin par ordre chronologique, peut-être par son compagnon de la veille. Elle commença à lire cette correspondance qui la troubla immédiatement. L'intensité et la violence des sentiments de cette femme pour son père étaient évidentes. En retour, les réponses de ce dernier étaient, la plupart du temps, neutres, mesurées et fuyantes. Aucune ne faisait état d'un sentiment amoureux vis-à-vis de Juliette. Et pourtant les réponses étaient là, s'étalant sur plusieurs années, laissant présager malgré tout l'existence d'un lien improbable entre les deux correspondants.

Comme si elle profanait l'amour de cette femme, Marie ressentait de la gêne à lire cet échange. Non pas tant vis-à-vis de son père qui se dévoilait rarement. Mais cette femme, impudique malgré elle, livrait ici ses émotions entières. Avec ce trouble persistant, Marie poursuivit sa lecture. L'échange évoluait au fil du temps. Cinquième année de correspondance. Son père répondait moins, sans doute lassé par cette endurance désespérée. Les mails de Juliette qui se succédaient sans répondant l'un à la suite de l'autre ressemblaient plutôt à un journal intime. Elle en avait d'ailleurs conscience.

Juin 2005

J'aime ce lien un peu décalé. Je crois que j'ai toujours aimé les sentiments désintéressés. Je n'ai pas envie que tu disparaisses de ma vie. Je pense à toi régulièrement, sans doute avec le temps, de manière un peu plus abstraite. Tu es mon journal intime, un confident qui répond parfois, ma présence "absente".

Juillet 2005
Souvenir d'un 14 juillet, quai Branly, d'un amour indéfinissable et infini, en sens unique, d'un amour respectueux, plus fort que ton indifférence...

Août 2005
Ma pensée s'est enfuie vers toi. Je n'ai pu la retenir, ni la rattraper. Alors, je l'ai accompagnée.

Manque infini, absence éternellement présente, temps inutile. Comment as-tu pu m'oublier à ce point ?

Septembre 2005
J'ai immensément peur de ton infini silence, de ces moments partagés qui se délitent, de cette indifférence déjà là qui se transforme en inexistence.

Petit mot d'un soir : Je ne sais t'oublier.

Marie s'arrêta interloquée. Elle reconnaissait ces mails. Ils s'agissaient des messages qu'elle avait reçus de son père à la même époque. Comment cette femme avait-elle pu avoir accès à ces écrits ? Pourquoi voler des mots. Un sentiment de malaise, de nausée l'envahit : sa propre intimité avait été dérobée.

Octobre 2005
Dommage que tu n'aies pas la folie d'avoir un sentiment pour moi

私はあなたを待ちます

Novembre 2005
Toujours ....malgré le temps et ton indifférence.

.

Je me suis toujours demandée si c'était une bonne chose de t'avoir rencontrée, mais je n'ai jamais pu le regretter. Tu demeures en moi « maintenant ».
PS : "Le maintenant qui passe fait le temps, le maintenant qui demeure fait l'éternité".

Décembre 2005

Juste un message pour accompagner la pensée
qui va vers toi, juste un mail à supprimer.

Marie se souvenait. Elle les avait tellement lus,
qu'elle les connaissait par cœur. Et pourtant, à la suite de
ce monologue interminable, elle aperçut une réponse de
Lui, son père. Elle ne comprenait plus et se sentit
complètement désorientée.

Décembre 2005

J'ai lu tes messages, ils sont émouvants, je ne sais
pas trop comment y répondre mais ce n'est pas
nouveau. D'un côté, j'ai envie de te dire qu'ils sont
beaux, tellement originaux. Je te dirais bien qu'il y a
quelque chose d'un peu dingue dans tout ça si je
n'avais pas craint que tu le prennes mal alors qu'il
n'y a que de la tendresse mélangée à un peu de
surprise et d'admiration. Tu sais bien que je ne sais
plus quoi répondre : mon silence te fait souffrir,
répondre t'encourage dans une relation que tu
emmènes vers des chemins impossibles et qui te
font souffrir davantage. Je ne sais pas comment je

pourrais te rendre heureuse, ou du moins éviter de te rendre malheureuse, ce qui ne serait déjà pas si mal. Je ne trouve pas non plus les mots qui pourraient t'éviter de croire que je n'ai jamais eu aucun sentiment pour toi. En attendant la plupart du temps je ne réponds pas, c'est vrai, parce que je ne vois pas quoi dire. C'est idiot, non ?

Décembre 2005

Oui, c'est idiot.

Je voulais te dire.

Nous avons tant parlé de ta fille. Toutes nos soirées, nos rencontres étaient emplies de sa présence. Sans doute parce que tu étais ma blessure et qu'elle était la tienne. Sans doute parce que tu as pour elle ces sentiments d'amour que j'espérais tant pour moi, sans jamais pour autant lui jalouser. Je me suis toujours sentie extrêmement proche d'elle, je ne sais pourquoi, bien que nos vies parallèles ne soient jamais appelées à se rencontrer. Elle avait su entrer dans notre intimité, devenir familière.

Lors de nos discussions, je te voyais, maladroit, te débattre avec tes hésitations et tes contradictions. Tu étais entièrement tourné vers elle, sachant disparaître pour elle, par elle. Tu arrivais en ma présence à faire surgir les sentiments intenses et entiers que tu lui portais, cachés la plupart du temps derrière une pudeur inopportune qui s'apparentait à de la froideur. Mais, vis-à-vis d'elle tu n'étais pas capable de grand-chose. Il y avait bien eu cette photo, de toi et de tes deux autres filles, adressée après des mois d'hésitation avec cette phrase que j'aimais tant : «Franchissons le temps blessé». Mais pour l'essentiel, pour tout ce qui était visible, il y avait trop de toi. Alors j'ai écrit à ta fille. Je lui ai adressé les messages que je rédigeais pour toi et j'ai fait vivre cet amour infini que tu as pour elle et que tu n'as jamais su dire. Je lui ai offert les sentiments désintéressés d'un père, capables de survivre en sens unique, des sentiments si semblables à ceux que je te portais.

J'ai d'ailleurs été très étonnée de cette similitude. Mes messages étaient inspirés exclusivement de toi. Et pourtant, je me suis rapidement aperçue qu'ils ne nécessitaient que très peu d'adaptation. Je lui adressais des extraits de mes mails à l'aide d'une messagerie spécialement créée pour elle. Ils traduisaient l'amour d'une femme à un homme et devenaient quelques jours plus tard une belle illustration de l'amour paternel. Je lui ai donc offert ton amour. Et cette disponibilité qui est si difficile pour toi. Mes mails avaient cette permanence qui rassure.

Elle n'a pas compris immédiatement que ces messages pouvaient provenir d'un père. Mais, j'ai vu, au fil du temps naître ce désir éperdu d'en découvrir l'auteur. Alors, je lui ai adressé des roses blanches et je vous ai donné rendez-vous, tous deux, place Colette. Je savais qu'elle se donnerait le temps de te découvrir. Pour le reste, je te faisais confiance, je savais qu'elle t'aimerait. La suite, tu la connais sans doute mieux que moi. Tu ne m'écrivais déjà plus. J'avais disparu de ta vie et de tes souvenirs mais j'ai su que vous vous étiez retrouvés.

Je voulais aussi te dire. Ces retrouvallles, c'étaient pour nous deux. D'abord, pour toi, parce que je t'aimais et que je te voulais heureux.
Ensuite pour moi.

L'amour, est-il un simple concept intellectuel comme tu me le répétais souvent ? Sans doute. Et pourtant, cette abstraction m'a fait vivre de belles et violentes émotions, toutes réelles qui ont su abolir la platitude d'une vie apparemment insignifiante. Quel beau sentiment qu'un amour tourné exclusivement vers l'autre et qui survit au temps et à l'absence de réciprocité ! Je me suis longtemps demandé si ce sentiment avait une raison d'être. Tu le sais, j'ai toujours eu besoin de sens, sans doute pour faire taire l'angoisse permanente d'avoir une vie inutile.

Pourtant face à ton indifférence, quel était l'intérêt de mon amour pour toi ? L'inutilité de mes sentiments, voire leur ridicule ne m'a jamais échappé. Bien sûr, il y avait de la beauté à vivre de sentiments purs et désintéressés et sans doute une certaine fierté d'en être capable. Mais l'amour en sens unique, bien qu'idéologiquement superbe reste masochiste. Je n'ai jamais aimé souffrir mais j'ai été incapable de t'oublier. Alors il a fallu trouver une signification à ce sentiment, une raison d'être à sa survie. Et le sens de cet amour passionné, détaché de toute réalité et de tout retour, c'est ta fille qui me l'a offert, en acceptant de te revoir.

PS : je sais que je ne t'adresserai pas ce mail. Il y a des retrouvailles qui n'ont ni besoin de raison, ni de sens. Il suffit qu'elles existent.

Janvier 2006
Je voulais enfin te dire, je sais maintenant qui tu es. Notre jeu du portrait chinois m'y a sûrement aidé.

Tu es ma perte et ma chance
Le carré blanc sur fond blanc
Qui exprime abstraitement
Sur la toile, par les pigments
D'une vie son essence

Tu es le bruit et le silence,
Le sentiment violent et transcendant
Qui hurle un bouleversement,
Le soupir qui intimement
Murmure à l'esprit et aux sens

Tu es la source de ma dépendance

Le lien qui enchaîne l'amante
Et la retient audacieusement
L'attache qui infiniment
Maintient cette constance

Tu es ma couleur et ma truculence,
Le souffle doré qui sans faux-semblant
Donne à l'existence un mouvement
Le rire qui comme un printemps
Prend les saisons à contresens

Tu es cette lumière intense,
L'âme qui guide vers ce lieu obsédant
De poésie et de saisissement,
La présence qui subtilement
Donne à la vie un sens

Tu es le manque et la présence,
L'abandon qui s'offre en se perdant,
Le point qui arrête le mouvement,
La permanence qui défie le temps
Laissant l'amour en suspens

Marie referma l'ordinateur, les yeux humides.